SHODENSHA
SHINSHO

悪意の日本史

大塚ひかり

祥伝社新書

はじめに
昔からあった匿名掲示板的誹謗中傷

炎上騒ぎから、事実無根の誹謗中傷まで

いわゆる炎上騒ぎに巻き込まれたことがある。

舞台はネットのＳＮＳで、実名での批判や中傷というのは少なく、ほとんどが不特定多数の匿名の人たちによることばの暴力であった。

渦中の時は、日々、何百とくる通知と、人を傷つけることだけが目的であるかのようなことばにさらされて、心ばかりか身も痛み、仕事にも集中できなかった。

最終的には根も葉もない性的なニュアンスの中傷を受けるに至り、人間というのはここまでえげつないものなのか、嘘をでっち上げてでも人を貶《おとし》めたいものなのか……と震撼した。

同時に、ＳＮＳでの炎上という、一見、現代的な現象の中に、物心ついたころから好きで読んできた古典文学で見たのと似た光景——古来続いてきた人の悪意の表出のあり方――というようなものを、感じたのである。

昔から中傷は匿名で性的

私が受けたような匿名者による集中砲火的な誹謗中傷――時に事実無根の性的な中傷を含む――は、実は昔から連綿と続いている。

現存する日本最古の仏教説話集の『日本霊異記《にほんりょういき》』によれば、〃大后《おほきさき》〃(光明《こうみょう》皇后)が権勢を振るっているころ、天下の人々はこぞってこんな歌をうたったという。

「坊さんを、女みたいに裳《も》をはいてるとバカにするけどな、その中に立派な腰帯《こしおび》鉄槌がさがっているぞ。いきり立てば凄いパワーのお方だぞ」(〃法師等を裙《も》着《は》きたりと軽侮《あなづ》れど、そが中に腰帯薦槌《こもづちサガ》懸レルゾ。弥発《いやた》つ時々、畏《カシコ》き卿《きみ》や〃)

また、こんな歌もうたわれたという。

「私の黒みを帯びた股でおやすみなさい。一人前になられるまで」(〃我が黒みそひ股に宿給《ね》へ、人と成るまで〟)

これは『日本霊異記』の編著者の景戒《きょうかい》によれば、

「道鏡《どうきょう》法師が〝皇后《おほみおや》〟と同じ枕で情交し、天下の政《まつりごと》を執《と》った〝表答《へうたふ》〟(前兆)なのであった」(〝道鏡法師が皇后と同じ枕に交通《とつぎ》し、天の下の政を摂《と》りし表答なりけり〟)

という(下巻第三十八)。

「前兆」と言いつつ、後付けなのは言うまでもない。

この〝皇后〟とは称徳《しょうとく》天皇(はじめ孝謙《こうけん》天皇)を指す。ここで彼女が皇后とされているとことから、称徳天皇として重祚《ちょうそ》する以前に淳仁《じゅんにん》天皇の皇后であったという説も出てくるゆえんである。

そんな彼女は淳仁天皇を廃した上、道鏡を重用し、皇族でもない彼を皇位につけようとして失敗したことで悪名高い女帝である。

実際には、仏教事業の推進や女性の重用など、見るべき功績もあるのだが、すべてがゲスな中傷によってかき消されてしまうのは極めて残念としか言いようがない。称徳天皇へのゲスな中傷は時代が下ると共に孫引きされながらエスカレートしていく。

鎌倉初期の『古事談《こじだん》』では、

「称徳天皇は道鏡の〝陰〟（男根）ではなおも不足に思《おぼ》し召《め》され、ヤマノイモで〝陰形〟（張形《はりかた》）を作り、これをお使いになっていたところ、中で折れて取り出せなくなった。そのため陰部が腫れて塞がって、大事に及んだ」

とされている。

その時、〝小手の尼〟という、手が嬰児《えいじ》のように小さい、百済《くだら》国の医師が診察して、

「ミカドの病気は治ります。手に油を塗って、これを取りたいと思います」

と言った。ところが、藤原百川《ふじわらのももかわ》が、

〝霊狐なり〟

と言って剣を抜き、この尼の肩を切ってしまった。そのため称徳天皇は治ることなく、崩御《ほうぎょ》した（巻第一　一）。

平安初期の『日本霊異記』では、道鏡の巨根と女帝との関係が伝えられるだけだったのが、四百年近くあとの『古事談』では、女帝は道鏡の巨根にも飽《あ》き足らず、張形を使ったことが原因で死んでしまったというのである。

死人に口なしとはこのことだ。

誹謗中傷はエスカレートする。しかも女の場合、性的な中傷が発生しがちである。また中傷する相手としては、反撃されても自分に被害があまりない相手が選ばれがちだ（孝謙〈称徳〉天皇の血統は彼女で絶え、父・聖武《しょうむ》天皇の皇統も絶えてしまったため、遠慮がなくなっているのである）。こうした点において、孝謙（称徳）天皇への中傷は、今のSNSでの誹謗中傷のひな形のような趣《おもむき》がある。

SNSを舞台とした現代特有と思われがちな現象も、実は昔からあったことが分かるのだ。

その底にあるのは、人間の「悪意」である。

相手の性別や年齢、地位や生死、世間の空気から判断し、

「この人は攻撃してもいい相手だ」

と見極めた上で、誹謗中傷を展開し、溜飲《りゅういん》を下げるという、人間の「欲望」がある。

そんな人間の悪意と欲望に基づく営みを、古典文学や歴史書の中に見ていく。日本人は悪意とどうつきあってきたのか。それを利用し、どう生かしてきたのか。人はなぜ悪意を人にぶつけるのか。それによって何を得ているのか……などを探っていきたい。

匿名性の高いＳＮＳでの誹謗中傷に歯止めがかからぬ現状で、本書が、悪意とどうつき合っていけばいいのかを考える糸口となれば幸いだ。

大塚ひかり

目次――悪意の日本史

本文ＤＴＰ　アルファヴィル・デザイン

凡例

＊本書では、古典文学、史料から引用した原文は〃　〃で囲んだ。

＊〃　〃内のルビは旧仮名遣いで表記した。

＊引用した原文は本によって読み下し文や振り仮名の異なる場合があるが、巻末にあげた参考原典に拠る。ただし読みやすさを優先して句読点や「　」を補ったり、片仮名を平仮名に、平仮名を漢字に、旧字体を新字体に、変えたものもある。

＊古代・中世の女性名は正確な読み方が不明なものが大半なので、基本的に振り仮名はつけていない。

＊天武以前の天皇は大王《おおきみ》、皇后は大后《おおきさき》と呼ばれ、神武《じんむ》、綏靖《すいぜい》といった死後の漢風諡《おくりな》は八世紀後半に決められたものだが、本書では煩雑さを避けるため諡で呼ぶ。

＊引用文献の趣意を生かすため、やむを得ず差別的な表現を一部使用している場合がある。

＊とくに断りのない限り、現代語訳は筆者による。

＊系図は参考資料をもとに筆者が作製した。

＊年齢は数え年で記載した。

1

悪意極まれば人間扱いしない——容貌描写と悪意

鬼畜米英と土蜘蛛

第二次世界大戦時、日本人は敵国を「鬼畜米英」と罵《ののし》った。敵国人は「人間ではなく、鬼畜である」というのだから凄い発想だ。だから、傷つけようが殺そうが構わないというわけだ。

こうした発想は追々見ていくように日本だけのことではないし、太古の昔から存在する。

日本最古の文学にして歴史書の『古事記《こじき》』や『日本書紀《にほんしょき》』、地方の歴史や物産の記録を朝廷に献上させた『風土記《ふどき》』では、大和《やまと》朝廷に帰順しない人々を、〝土雲《つちぐも》〟（土蜘蛛）や〝国巣《くず》〟と呼んで蔑《さげす》んだ。

『古事記』によると、神武天皇は、〝荒ぶる神〟を征圧すべく東に赴く。そこで、ある時は〝尾生《お》ひたる人〟に会い、その地の豪族を倒し、また〝尾生ひたる土雲〟どもを打ち殺す。

先住民である彼らはことばも喋《しやべ》るし、明らかに人間なのだが、しっぽが生えた土蜘蛛であるとして、異類視しているのだ。

『常陸国風土記《ひたちのくにふどき》』でも、茨城郡《うばらきのこおり》には昔、〝国巣〟（土蜘蛛、やつかはぎ）と呼ばれる先住民がいたと言い、彼らは「朝廷の命をサヘ（塞）抵抗する者」（新編日本古典文学全集『風土記』校注）ということで〝佐伯《さへき》〟と呼ばれた。そして至る所に土の穴倉を掘って住み、人が来るとすぐに穴に隠れ、人が去ると野に出て遊んだ。そんな彼らは、

〝狼《おほかみ》の性《さが》、梟《ふくろふ》の情《こころ》ありて、鼠《ねずみ》のごと窺《うかが》ひ狗《いぬ》のごと盗む〟

という。単に警戒心の強い臆病な人たちという気がするのだが、朝廷に報告する文書である『風土記』では完全に動物扱いだ（鎌倉時代の歴史書『吾妻鏡《あづまかがみ》』でも、源頼朝《みなもとのよりとも》に「征伐」された奥州《おうしゆう》の藤原泰衡《やすひら》は〝隠るること鼠のごとく、退くこと鶂《げき》に似たり〟〈文治《ぶんじ》五〔一一八九〕年九月三日条〉と動物扱いされており、古代の「朝敵」のパターンが踏襲されている）。

そんな時、朝廷側のクロサカノ命《みこと》が、佐伯の遊んでいる隙をうかがって、〝茨蕀《うばら》〟を穴の中に敷き、すぐさま騎馬兵を放ち、突如、佐伯を追いかけた。佐伯たちがいつものように穴倉に走り帰ったところ、ことごとく茨蕀に引っかかり、突き刺さって傷つき損なわれ、病んで死んだり離散したりした。

それで〝茨蕀〟の名を取って、県《あがた》の名に付けた。

と、『常陸国風土記』は言う。

つまり、〝茨城〟という地名は、先住民を虐殺するために敷き詰められた茨蕀に由来している。少なくとも『風土記』成立当時、そのように伝えられていたわけだ。

また別の説として、佐伯が賊の長となり略奪や殺人を重ねたために、クロサカノ命が茨《うばら》を使って城《き》(柵で囲った砦《とりで》)を造ったことからその地を茨城といった、ともいう。こちらは先の説より一見穏当なものの、先住民が完全な悪役になってしまっている。『常陸国風土記』の編述者は国司で、立場は朝廷側にある。いずれにしても、朝廷側にとっては勝利の記憶が込められた地名であるが、先住民にとっては仲間の死と敗北の記憶を思い起こさせる悲しい地名であろう。

人間ではないと思えるから殺せる

『古事記』『常陸国風土記』に共通するのは、朝廷から見た先住民は、「人ではない」という感覚だ。

悪意もここに極まれりという趣だが、しかし考えてみれば、平時なら手を染めずに済んだ残虐行為を強《し》いられるのが戦時である。

平時は虫も殺さぬ人間であれば大変なストレスに違いない。

そこで出てくるのが、相手は我々とは異なる種族である、もっと言えば「人間ではない」という発想ではないか。

相手は「鬼畜」であり、しっぽの生えた土蜘蛛であり、禽獣《きんじゆう》に似た野蛮な性質を持つ奴らである。そう見なして、はじめて良心の呵責《かしやく》なく殺すことができる。

敵を人間ではないと見なす発想は、悪意が極まったようでいながら、その実、自己防衛本能というか、そうとでも思わないと、なかなか相手を殺せないという、ある種、人間的な弱さや優しさからきている要素もあるのかもしれない。

けれど、敵を人間以外のものと見なしたからといって、どんなことでもできてしまうというのは、残酷以外のなにものでもないわけで、戦時というのは人間に秘められた悪意を最大限に引き出してしまうという意味でも、罪深い機会と言える。

確かなことは、悪意が敵を野蛮な禽獣に見せている、もっと言うと醜悪に見せている、異形にデフォルメしているということだ。

オホクニヌシの容貌描写に見える『古事記』と『日本書紀』のスタンスの違い

悪意のある相手を醜悪に描くということは、近現代の風刺画などを見ても、洋の東西を問わずありがちなことだ。

とくに古代神話にはこの傾向が著《いちじる》しい。

古代神話では、朝廷に敵対する先住民は、尾が生えているだの（『古事記』）、背が低く手足が長く〝侏儒《ひきひと》〟（小人）と似ているだの（『日本書紀』）、動物に似ているだのというふうに、異形の者として描かれている。

一方で、朝廷側の、とりわけその功績を強調したい貴人のことは、〝貌容壮麗《ばうようさうれい》〟（『日本書紀』神功皇后《じんぐう》）などと持ち上げる。

朝廷関連の神や人については美麗に、征圧される側は醜悪に……という意図が露骨に働いているのだ。

逆にいえば、特定の神や人物の容貌描写から、その書の方向性や性格をつかむことができるのではないか。

『古事記』と『日本書紀』という、近い時代に相次いで作られた歴史書のスタンスの違いも、ある人物の容貌描写を追っていくと、面白いように浮き彫りになってくる。

その人物とは出雲《いずも》のオホクニヌシノ神（大国主神）だ。

出雲の神であるオホクニヌシは国作りを成し遂げたあと、天皇家の先祖である神に、国譲りをした神として知られている。

そんなオホクニヌシは、『古事記』では、

〝甚麗《いとうるは》しき神〟

と、大変なイケメンとして描かれる。ちなみに『古事記』では、天皇家の先祖に当たるホヲリノ命も、

〝麗しき壮夫《をとこ》〟

〝甚麗しき壮夫〟

〝麗しき人〟

と描かれている。

一方、『日本書紀』では、オホクニヌシは〝一書《あるふみ》に曰《いは》く〟という形で登場するのみで、容姿についての記述はない。これは、天皇家の先祖に当たるヒコホホデミノ尊《みこと》(『古事記』ではホヲリノ命)が、

〝顔色《かほ》甚だ美しく、容貌《かたち》且《また》閑《みやびか》なり〟

とされるのと対照的だ。

オホクニヌシは、天皇家の先祖以前に日本を平定した支配層であり、『古事記』が作られた当時にも無視できない勢力を持っていたため、他の先住民と比較すると別格扱いになっているのだが、天皇家に征圧されたことには違いない。そんな彼を『古事記』が美形に描くというのは、彼にシンパシーを抱いているからである。つまり『古

事記』は必ずしも朝廷側の目線だけで書かれているわけではない、ということがここから分かる。そういうことが、オホクニヌシの容貌描写から浮き彫りになるのだ。

実際、『古事記』と『日本書紀』の大きな違いは、『古事記』がオホクニヌシの事績を中心とした出雲神話を丁寧に描いているのに対し、『日本書紀』ではほとんど触れていないということだ。

三浦佑之《みうらすけゆき》によると、

「出雲の神がみが、高天《たかま》の原から降りてきた天皇家の祖先神に取って替わられるいきさつを、出雲の神がみを中心に据えて語っているのが、古事記神話」である一方、「日本書紀では、出雲の神がみによる地上の統一と支配を描かないことによって、先住民を武力によって討伐するという侵略的な性格を薄め、高天の原から降りてきた天皇家の祖先神は、魑魅魍魎《ちみもうりょう》の棲《す》む未開の荒野を開拓し繁栄したという、きれいな物語を紡ぎあげたかったのではないか」という（『出雲神話論』講談社）。

要するに、『日本書紀』が完全に朝廷側の視線から書かれているのに対し、『古事記』は先住民の視点が入っている。

これが、神々の容貌描写にも表れているわけだ。

2 悪意をうたう古代歌謡

敵を歌で嘲笑

古代神話――とくに『日本書紀』は、当時の朝廷権力を正当化するための歴史書という趣が強い。

そこでは、朝廷が先住民を征圧する様や、皇族同士の覇権《はけん》争いが、官軍側の視点から描かれている。

朝廷側の「悪意」があふれるゆえんである。

悪意の分かりやすい表現が、敵を人間扱いしない、醜悪に描くというものだが（↓1）、憎悪を「歌謡」に乗せたケースも多い。

神武天皇が東征した際、宇陀《うだ》（今の奈良県宇陀郡）にはエウカシとオトウカシという先住民の首長の兄弟がいた。弟のオトウカシは天皇に服従したが、兄のエウカシのほうは天皇を陥《おとしい》れようと仮の新宮を立てて罠を仕掛けた。しかし官軍に寝返ったオトウカシの告発により、事が露顕《ろけん》。エウカシはまず自ら新宮に入るよう脅《おど》され、自分の仕掛けた罠に掛かって死んでしまう。その後、オトウカシが、官軍に酒と牛肉を捧げて宴会をした。『日本書紀』によると、その際、天皇は、こんな歌を詠んだ。

「宇陀の狩場で鴫《しぎ》を捕らえる罠を仕掛けた。私の待っている鴫は掛からず、思いがけず、鯨《くじら》（クヂラをクチと解し、鷹の古語とする説もある）が掛かった。古女房がおかずをほしがったら、ソバグリのように実の少ない肉をそぎ取ってやれ。若女房がおかずをほしがったら、イチイガシのように実がたっぷりの肉をたくさんそぎ取ってやれ」

〝菟田《うだ》の　高城《たかき》に　鴫羂《わな》張る　我が待つや　鴫は障《さや》らず　いすくはし　くぢら障り　前妻《こなみ》が　肴《な》乞《こ》はさば　立柧棱《たちそば》の　実の無けくを　こきしひゑね　後妻《うはなり》が　肴乞はさば　櫟《いちさかき》　実の多けくを　こきだひゑね〟）

あらゆる意味で、悪意に満ちた歌だ。

『日本書紀』はこれを「来目歌《くめうた》」と説明しており、今も朝廷の楽府《うたまいのつかさ》で久米部と呼ばれる人々がこの歌を歌っているという。

一方、『古事記』にも同じ歌詞の歌が載っているものの、来目歌という説明はない。代わりに末尾に、

「ええこんちくしょうめ、ああこんちくしょうめ」（〝ええしやごしや　ああしやごしや〟）

という、合いの手のような囃し文句が付いていて、〝ええしやごしや〟には、

「これは敵意を浴びせかけるのである」（〝此《これ》は、いのごふそ〟）

〝ああしやごしや〟には、

「これは大口を開けて笑い倒すのである」（〝此は、嘲咲《あざわら》ふぞ〟）

と解説が付いている。歌で相手を圧倒しようというのである。

こうした悪意に満ちた歌を、征圧した敵に対して吐き出すようにうたうのは古代神話の常套《じょうとう》だ。

『古事記』では、ヤマトタケルノ命がイヅモタケルと偽りの友情を結び、水浴びしたあと、刀を交換、

「さあ刀を合わせようよ」（〝いざ刀《たち》を合せむ〟）と誘う。ところがヤマトタケルが渡した大刀は木でできた偽物だったため、刀を抜けずにいるイヅモタケルを、ヤマトタケルはすぐさま討ち殺してしまう。そのあと彼はこんな歌をうたう。

「イヅモタケルが腰につけた大刀《たち》は、飾りばかり立派で、中身がない。ああ可笑《おか》しい」（〝やつめさす　出雲建が　佩《は》ける大刀　黒葛多纏《つづらさはま》き　さ身無《みな》しにあはれ〟）

ラストの〝あはれ〟は、「ああおかしい、大笑いだ、という意」（新編日本古典文学全集『古事記』校注）、「『気の毒だ』の意でなく、嘲笑した意味をこめた『面白い』の意にとった方がよい」（日本思想大系『古事記』補注）といい、ここでも、敵を嘲笑するということがポイントになっている。

男二人が水浴びしたあと、刀を合わせ、「見かけ倒し」と嘲笑するというのは、色々と想像をかきたてるシーンではあり、そのエロスの詳細については拙著『ヤバいBL日本史』（祥伝社新書）に書いたので、ここでは触れない。

決闘歌合戦

悪意の込められた歌謡というと、『古事記』には、一人の女を巡る皇族と有力貴族とのこんな歌のやり取りがある。

平群臣《へぐりのおみ》の先祖であるシビノ臣（志毘臣）が歌垣《うたがき》に立って、ヲケノ命（のちの顕宗《けんぞう》天皇）が求婚しようとした乙女（〝美人《をとめ》〟）のオフヲ（大魚《おうお》）の手を取ったのである。

歌垣とは、男女が集まり、歌のやり取りをして求愛する場のこと。集団見合いのようなものだ。シビとヲケはここでオフヲを巡って歌を戦わせることになった。

まずシビがうたう。

「皇居のあっち側の軒の隅が傾いてるぞ」（〝大宮の　彼《をと》つ端手《はたで》　隅傾《すみかたぶ》けり〟）

ヲケの住まう皇居をくさしたのである。するとヲケが答える。

「大工の棟梁が下手だからこそ軒の隅が傾いているのだ」（〝大匠《おほたくみ》　劣《をぢな》みこそ　隅傾けれ〟）

大工の腕が悪いのだ、と。

シビは、

「大君の心がだらしないから、臣下の私の幾重にも巡らした柴垣《しばかき》の内に入れないでいる」（〝大君の　心を緩《ゆら》み　臣の子の　八重の柴垣　入《い》り立たずあり〟）

ヲケがふがいないので、シビの手中にある乙女に近づけない、とやり返す。対するヲケ、

「潮が流れる浅瀬の、波が折り重なったあたりを見ると、泳ぎ来た鮪《しび》のヒレ端に、妻が立っているぞ」（〝潮瀬《しほせ》の　波折《なを》りを見れば　遊び来る　鮪が端手《はたで》に　妻立てり見ゆ〟）

名前が魚の鮪と同じだけあって、お前にくっついているのは魚だろ。乙女の名前はオフヲ（漢字で書くと大魚）だが、お前にふさわしいのは人間ではなく魚である、とい

うのだ。

するとシビはいよいよ怒って、

「大君の御子《みこ》の柴垣は、八つの結び目を結び固め、しっかり固めて結んでも、やがて切れる柴垣、やがて焼ける柴垣」（〝大君の　御子の柴垣　八節縛《やふじま》り　縛《しま》り廻《もとほ》し　切れむ柴垣　焼けむ柴垣〟）

とうたう。ヲケが即位すれば、天下は不安定になろうと、呪いに似た歌を放ったのだ。このあたりから互いの憎悪がエスカレートする。

これに対してヲケは、

「大きな魚よ、鮪突く海人《あま》よ、大魚のオフヲが離れて行けば、お前はさぞ恋しく悲しかろう、鮪突くシビ」（〝大魚よし　鮪突く海人よ　其《し》が離《あ》れば　心恋《うらごほ》しけむ　鮪突く志毘〟）

とやり返す。こちらもまた、シビが乙女に振られる前提の歌をうたうことで、呪いにも似た効果を狙う。

このように互いに夜を徹して競い明かして（〝闘ひ明して〟）、それぞれ退いた。

その翌朝……ヲケは、兄のオケ（のちの仁賢《にんけん》天皇）と相談し、

「およそ朝廷の官人たちは、朝は朝廷に参内して、昼はシビの家の門に集まっている。そして今はシビはきっと寝ていよう。門に人もなかろう。今を逃してはシビを謀殺することは難しいだろう」

ということになって、すぐさま軍勢を集めてシビの家を囲み、たちまちシビを殺したのだった。

歌には優雅なイメージがあり、歌垣にしてものどかなイメージを抱く人は多かろう。

しかし『古事記』に描かれる歌垣はこうも剣呑《けんのん》で、決闘に近い。

また古代神話では、ヤマトタケルや神功皇后といった皇族側は、だまし討ちなど、現代人の目から見ると卑怯とも思える手段を使うことが少なくない。シビの寝込みを襲ったヲケもその類いである。

儒教道徳や仏教道徳が普及しておらず、罠を仕掛けるなどの手法の多い漁猟が盛んだった当時、最小の犠牲で最大の戦果を得ることが善とされていたのかもしれない。

ただし、『古事記』では即位前のヲケとシビの歌合戦とされているこのエピソードは、『日本書紀』では太子時代の武烈《ぶれつ》天皇とシビノ臣（鮪臣）のやり取りになっている。それによると、シビの父の平群真鳥臣《へぐりのまとりのおみ》が国政を掌握、日本の王になろうとし、太子のためと偽って宮殿を造り、完成すると自分が入居した。しかも、太子が求婚した影媛《かげひめ》は、それ以前にシビに犯されていた。影媛は太子の意向を恐れ、自ら歌垣の場で会うことを提案。太子がそこへ行くと、シビがいて、歌合戦を展開。そのやり取りの中で、太子は影媛がすでにシビと通じていたことを知り、シビを襲撃したので、影媛は〝愛夫《はしづま》〟を殺されたと言って嘆き悲しんだことになっている。

つまり、影媛はもとはと言えばシビの妻であったのに、それを太子が横恋慕した形である。

『日本書紀』では、武烈天皇は、そこで皇統が断絶したため、悪逆の王として描かれている。そのため、悪行はすべてこの天皇が負わせられた可能性がある。

『古事記』のヲケとシビのやり取りからも、オフヲはすでにシビの邸内にいることが分かり、シビの妻にヲケが横恋慕したと読むこともできる。そうなると、ヲケはシビの妻を奪おうとした上、シビを殺したということになる。当時の日本よりは性道徳の厳しかった中国思想の影響の強い『日本書紀』の作者は、そこに不都合なものを感じ、このエピソードをヲケ（顕宗天皇）ではなく、武烈天皇のしわざということにしてしまったのかもしれない。

悪意を伝える歌謡

それにしても……ここに紹介した歌謡に込められたダイレクトな悪意に、驚いた人は少なくないのではないか。

ヤマトタケルにしても神武天皇にしても、打ち倒した敵をこれでもかとばかり罵り、嘲笑する。

ヲケやシビに至っては、やれ宮殿の隅の軒が傾いているだの、お前はオレの屋敷内に立ち入れないだの、お前には魚がお似合いだの、お前は振られて悲しい目にあうだの、子どもの言い争いと変わらない。

しかしその争いの果てに、殺戮という、恐ろしい結末が待っているのだ。

悪意の発露は伊達や酔狂ではない。

ことばにしたことが現実になるという「言霊《ことだま》」信仰が、ここにはある。

つまり、呪いである。

古代、相手に悪意を表明するというのは、すなわちその相手の不幸を願うことであり、それは呪いという攻撃に他ならない。

現代とて、一つのことばをきっかけに炎上したり訴訟合戦となったり、場合によっては自殺者が出たりするSNSの現状を考えてみれば、悪意の込められたことばのパワーを、侮ってはならないと思うことしきりだ。

3

古代の大罪、呪詛

古代・中古の呪詛が大罪である理由

『続日本紀《しょくにほんぎ》』などの歴史書や、『栄花物語《えいがものがたり》』などの歴史物語を初めて読んだ若いころ、厭魅《えんみ》（図形や人形などを用いて人を害するまじないの法）とか巫蠱《ふこ》（まじないをして人を呪うこと）とか呪詛《じゅそ》（厭魅を用いてまじないい呪うこと）といった罪で、身分を剝奪され、遠流《おんる》（流罪のうち最も重いもの。中流《ちゅうる》・近流《こんる》に比べて京からの距離が遠い）という重い処罰を受けている貴人がしばしば出てきて驚かされた。

呪っただけで、なぜそんなに罪が重いのか、と。

けれど、今なら納得できる。

古代、口にしたことは現実になると信じられていた。

いわゆる言霊信仰だ。

だからこそ、『古事記』『日本書紀』では、官軍は敵が敗れてもなお、これでもかと罵ることで、その勢力が蘇ることを防ぎ、悪意を表明する歌謡は死闘に発展した。ことばにはそれだけのパワーがあると考えられていたのだ。

呪詛が大罪となったゆえんである。

『続日本紀』によると、厭魅や呪詛によって人に危害を加える者がいれば、主犯者は斬刑、共犯者は流刑に処せられるという（天平《てんぴょう》元〈神亀《じんき》六、七二九〉年夏四月三日条）。罪の中には〝妖言《およづれごと》〟というものもあり、これは「みだりに吉凶を説くこと」といい、「これを行えば遠流」（新日本古典文学大系『続日本紀』二 校注）という。反逆・殺人・呪詛・盗略等の罪やその関連事項の法規を定めた「賊盗律《ぞくとうりつ》」にも、厭魅や妖言の罪が定められている（「賊盗律」17、21）。

古代の法律は中国の法にならっている。ということは、古代中国でも呪詛は大罪だったのだ。

呪詛の罪で罰せられた皇后

歴史上の人物にも、呪詛の罪で罰せられた人々は少なくない。

有名なのが、孝謙天皇（重祚して称徳天皇）の異母姉の井上《いのうえ》内親王だ。

井上内親王は聖武天皇と県犬養広刀自《あがたいぬかいのひろとじ》を両親にもち、格下に当たる白壁王《しらかべのおおきみ》（光仁《こうにん》天皇）の妻となって、酒人《さかひと》内親王と他戸《おさべ》親王を生んだ【系図1】。

ところが神護景雲《じんごけいうん》四（宝亀《ほうき》元、七七〇）年、称徳天皇が崩御すると、白壁王の存在が浮上。十月、王は六十二歳という高齢で即位し、十一月、井上内親王は皇后に。翌年一月、他戸親王は皇太子となった（『続日本紀』宝亀元年十月一日条、十一月六日条、宝亀二年春正月二十三日条）。

ここから井上内親王は政争に巻き込まれることになる。

『日本書紀』に次ぐ勅撰国史として古代史研究には必須の一次史料である『続日本紀』によると、宝亀三（七七二）年三月、皇后である井上内親王が、〝巫蠱〟に連座して皇后を廃せられるのだ（宝亀三年三月二日条）。

聖武天皇の皇女である彼女が自ら皇位につこうとしたという説などもあるが、定かなことは不明である。

鎌倉初期にできた歴史物語『水鏡《みずかがみ》』によると、光仁天皇と皇后が博打《ばくち》をし、天皇がふざけて、

系図1　井上内親王関連

『日本書紀』『続日本紀』『尊卑分脈』による

○数字は天皇の即位順

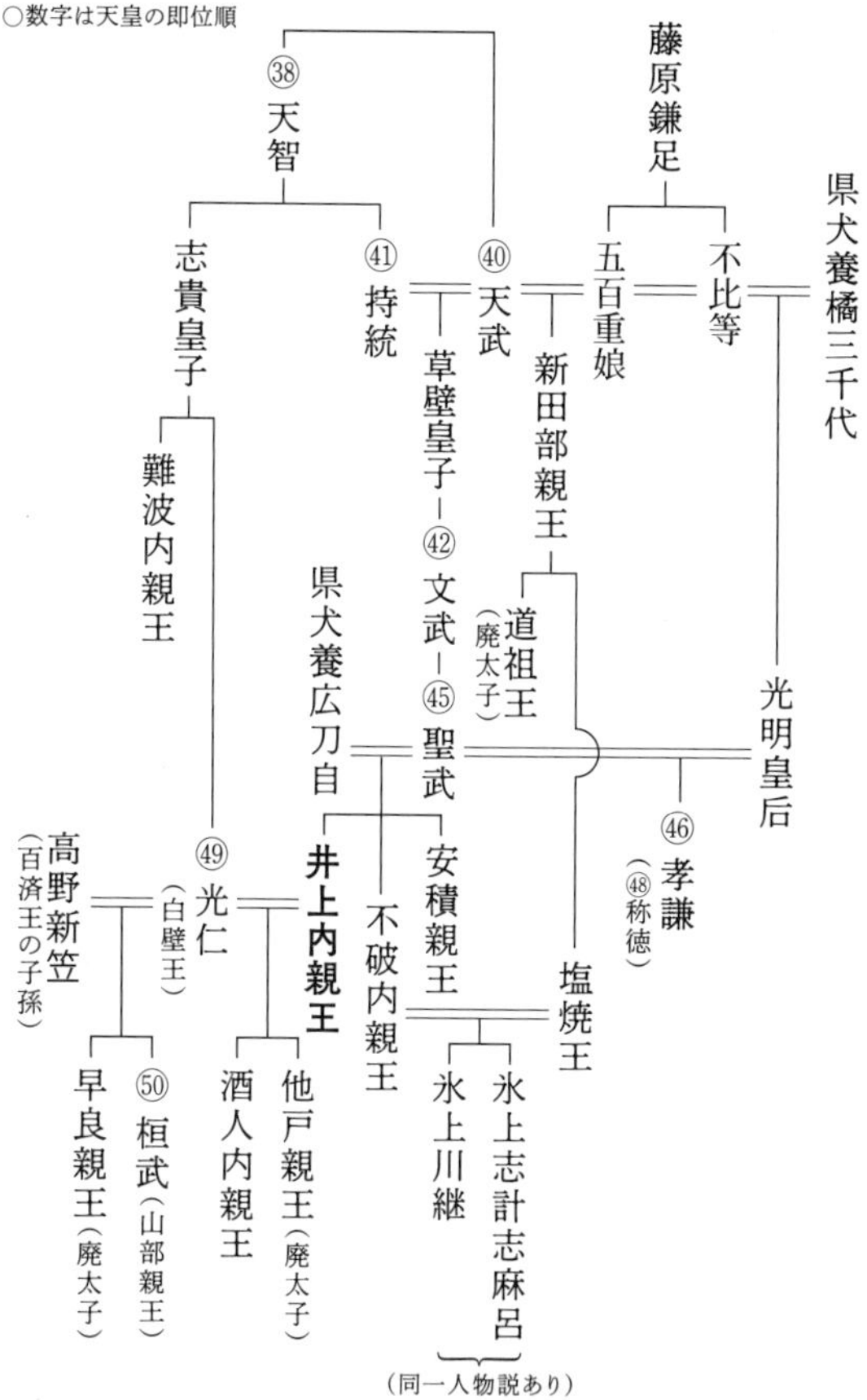

「私が負けたら若い男を差し上げよう。后が負けたら、私を綺麗な若い女と逢わせてください」

と言った。ところが天皇が負けたので、皇后は真剣に夫をせっついた。この様子をうかがっていた藤原百川《ももかわ》が、

「山部《やまべ》親王を皇后に差し上げなさいませ」

と言った。山部親王はのちの桓武《かんむ》天皇で、皇后の継子に当たる。百川はさらに、親王のもとへ行って、

「皇后のもとに行きなされ」

と、嫌がる親王と皇后を縁づけた。

当然、天皇は不快になる。そんな折、百川は、皇后が天皇を廃し、我が子・他戸親王を即位させようと、天皇を呪詛していることを知ったというのだ。

他戸親王は即位が決まっている皇太子である。その親王のために、母・皇后が夫を呪詛するとはおかしな話である。

そもそも継子の山部親王と関係していたといった話も荒唐無稽で信用しにくいが、

『水鏡』によると、百川は、その後、偽の宣命を作り、皇后と皇太子（他戸親王）を廃し、嘆く天皇をよそに山部を皇太子にした。それも山部の母の身分の低さを理由に立太子に反対する貴族を太刀で脅すという荒っぽい方法で、天皇も渋々、山部の立太子を認めたという。

そのあたりの真偽はともかく、井上内親王の巫蠱事件については、「廃后から他戸廃太子にもちこみ、山部親王の立太子をねらった百川の策謀に出るところが大きかったようである」（新日本古典文学大系『続日本紀』四　補注）といい、背後に百川の働きがあったことは確かなようだ。

そうなると、皇后を廃された井上内親王が夫を呪詛していたこともあやしいところであるのだが……。

宝亀四（七七三）年十月、彼女はさらに、光仁天皇の同母姉妹である難波《なにわ》内親王を〝厭魅〟したということで、他戸親王ともども幽閉され、宝亀六（七七五）年、親王と同日に死んでいる（『続日本紀』宝亀四年冬十月十九日条、同六年夏四月二十七日条）。

「母子の同日死は不自然であり、服毒自殺ないし暗殺が考えられる」（新日本古典文学大系『続日本紀』四　校注）

といい、『水鏡』では、皇后と親王の霊が、百川や天皇や皇太子（山部親王）の夢に現れたと伝えている。

『続日本紀』でも、皇太子の病のあと、井上内親王を改葬する記事が何度かあり（宝亀八年十二月二十五日条・二十八日条、宝亀九年春正月一日条・二十日条）、皇后の祟《たた》りと考えられている。

皇后は非業の死を遂げた、つまりは無実の罪であると当時の政権が認識していたからこそ、祟ったと解釈したのだろう。

同母妹の不破内親王も

井上内親王は、聖武天皇の血を引く高貴さゆえに、政争に巻き込まれた悲劇の皇女と言えるが、同母妹である不破《ふわ》内親王もまた、同様の悲劇に見舞われている。

『続日本紀』によると、彼女は先の天皇（称徳天皇の廃した淳仁天皇説と、称徳天皇の父・聖武天皇説がある）の御代《みよ》、理由は不明だが、すでに親王（内親王）の名を削られていた。そして神護景雲三（七六九）年、〝積悪止《せきあくや》まず、重ねて不敬を為す〟ということで、その罪は、最も重い八虐、つまりは死罪に相当するものの、ゆるして〝厨《くりやの》真人《まひと》厨女《くりやめ》〟という屈辱的な名に改めさせられ、京を追放された（神護景雲三年五月二十五日条）。

また、県犬養姉女《あねめ》が主犯となり、忍坂女王《おしさかのおおきみ》・石田女王《いわたのおおきみ》らを率いて、不破内親王のもとに行き、内親王の子である氷上志計志麻呂《ひかみのしけしまろ》を皇位につけるため、称徳天皇の髪を盗んで〝厭魅《まじもの》〟をした、つまりは呪詛したということで、県犬養姉女らは遠流に処せられている（神護景雲三年五月二十九日条）。

ちなみにこの県犬養姉女も、犬部姉女《いぬべの》と改名させられている。

翌年、称徳天皇が崩御、光仁天皇が即位して、井上内親王が皇后になる。

すると宝亀二（七七一）年、忍坂女王・県犬養姉女らの罪が、丹比乙女《たじひのおとめ》による誣告《ぶこく》、つまりは根拠のない嘘の告発であったことが判明（宝亀二年八月八日条）。

宝亀三（七七二）年、井上の同母妹である不破内親王も、内親王に復される（宝亀三年十二月十二日条）。

もっともこのあたりの真実は藪の中で、

「称徳没後、光仁による称徳側人脈の粛清とその反動としての名誉回復の一環であり、乙女の誣告であったたか、その真偽は不明としかいえない」（勝浦令子《かつうらのりこ》『孝謙・称徳天皇――出家しても政を行ふに豈障《あにさわ》らず』ミネルヴァ書房）

という見方もある。

いずれにせよ、これで一息つくかと思いきや、先にも触れたように、宝亀三（七七二）年三月には同母姉の井上内親王が、巫蠱に連座して廃后となり、宝亀六（七七五）年には他戸親王共々、同じ日に謎の死を遂げる。

光仁天皇や皇太子の山部親王は二人の祟りにおびえながら、天応《てんおう》元（七八一）年四月、山部親王（桓武天皇）が即位、同母弟の早良《さわら》親王が皇太子となる。

しかし、母の身分が低く、『水鏡』によれば、父・光仁も立太子に反対したと伝えられる桓武天皇の権力基盤はまだ脆弱だ。

井上内親王と他戸親王は死んだとはいえ、井上の同母妹で、聖武天皇の皇女という高貴な不破内親王は生きている。

桓武天皇としては気が気でなかったろう。

そんな時に起きたのが、桓武即位から一年と経たぬ翌天応二（延暦《えんりゃく》元、七八二）年閏《うるう》正月の氷上川継《ひかみのかわつぐ》の謀反《むほん》である。

川継は不破内親王の子であった。事が露顕すると、川継は逃走するものの、捕らえられた。死罪に当たるところを、光仁天皇の死による諒闇《りょうあん》（喪中）であるという理由で、遠流に処せられ、母の不破内親王と、川継の姉妹は、淡路国《あわじのくに》に移された（『続日本紀』延暦元年閏正月十四日条）。

ちなみにこの事件によって、万葉歌人で名高い大伴家持《おおとものやかもち》も連座して解任されている（延暦元年閏正月十九日条）。

また、氷上川継は、神護景雲三（七六九）年に不破内親王が皇位につけようとしたとされる氷上志計志麻呂と、同一人物だという説もある。志計志麻呂というのは罰としての改名で、もとの名は川継だというのだ（新日本古典文学大系『続日本紀』五　補注）。

いずれにしても、井上内親王・他戸親王母子の時はその祟りに苦しんだ反省からか、はたまた桓武がすでに皇位を得ているせいなのか、不破内親王・川継母子に関しては、その罪状の重さの割に、ゆるい措置という印象だ。

紫式部の時代にもあった呪詛の罪

神話時代の記憶の色濃い、政争渦巻く奈良朝末期から平安初期にかけて、このように呪詛の罪が重かったのは理解できる。

だが呪詛は、それから二百年以上経った平安中期においても、貴人が失脚する要因だった。

藤原伊周《これちか》は、清少納言《せいしょうなごん》が仕えた定子中宮の同母兄、紫式部《むらさきしきぶ》の仕えた彰子中宮のいとこに当たる。順風満帆な彼の人生が狂いだすのは、長徳《ちょうとく》元（九九五）年、関白だった父・道隆《みちたか》が死んでからで、早くも翌年、伊周と弟の隆家《たかいえ》は、三つの罪状によって配流されてしまう。

その三つとは、女関係がもとで花山《かさん》院に矢を射かけた罪、一条《いちじょう》天皇母后・東三条《ひがしさんじょう》院詮子を呪詛した罪、大元法《だいげんのほう》（大元帥法）という臣下には禁じられた法会《ほうえ》を行った罪である（『栄花物語』巻第五、『小右記《しょうゆうき》』長徳二年四月二十四日条）。

こうしたことはおそらく父・道隆の生前であれば、やっていたとしても揉み消されていたろうし、花山院に矢を射かけた一件はともかく、本当に呪詛などをしていたのかは謎である。同時期の貴族・藤原実資《さねすけ》の日記には、寝殿の板敷の下から〝厭物《えんもつ》〟（呪物）が掘り出されたとあるが（『小右記』長徳二年三月二十八日条）、それとて、仕組まれたものである可能性もなくはない。ただ、伊周がこれらのことをしていたという噂が立っていたのは事実なのだろう。

恐ろしいのは、そういう疑いをかけられ、噂が広まることである。

その根っこには、人の悪意がある。

呪詛より怖い告発者の悪意

井上内親王や不破内親王、藤原伊周などの呪詛事件からは、呪詛の恐ろしさよりも、呪詛の噂や疑いを掛けられることの恐ろしさが浮き彫りになる。少なくとも現代人の私にとっては、後者のほうが恐ろしい。

呪詛をしたということで断罪された人より、「あの人は誰々を呪詛しているそうだ」と噂を立てたり、罪に陥れたりする人のほうに、より陰湿な悪意を感じるからだ。その手の悪意は、政敵に利用されがちだし、政敵が事件をでっち上げる糸口になることもあるだろう。

興味深いのは、呪詛の噂への道長《みちなが》の対応だ。

長徳二(九九六)年に、詮子を呪詛した罪状などにより配流されていた伊周は、妹の定子が一条天皇の第一皇女を出産後、長徳三(九九七)年、詮子の病気平癒を願っての大赦によって帰京をゆるされる。長保《ちょうほ》元（九九九）年、定子は第一皇子を生むものの、長保二（一〇〇〇）年、第二皇女を出産後、崩御。一方、道長の娘の彰子は寛《かん》弘《こう》五（一〇〇八）年、第二皇子を出産する。

その翌年、この第二皇子を、伊周の周辺の者が呪詛しているという噂が立つ。『栄花物語』によれば、この噂を受けた道長は、伊周の母方オジの高階明順《たかしなのあきのぶ》が関わっているとして、明順を呼びつけたという。その時、道長は明順に言った。

「こんな、あるまじき気持ちを抱くでないぞ。若宮はこのように幼くていらっしゃるが、しかるべき宿縁があってお生まれになったのだから、四天王がお守り申されるだろう。臣下の我々でさえ、人の憎しみを受けたところで、それによって死ぬことはない。まして、生半可な果報であったら、人のことばや思惑に左右されることもあろうけれど、若宮は格別な御果報をお持ちなのだ。そなたたちは、このままでは天罰を受けるだろう。私がとやかく言うべきことではないが」

道長がそう言うと、明順は実に恐ろしく畏《おそ》れ多いことと恐縮し、何も言えずに退出した。そのまま気分が悪くなって、五、六日後、死んでしまったのだという（巻第八）。

人を呪わば穴二つというが、呪詛をしたとされている側（疑われた側）が、かえって死んでしまったのである。

ここで道長が、

「人の憎しみを受けたところで、それによって死ぬことはない」（〝人の悪《あ》しうするにはもはら死なぬわざなり〟）

と言っているのにも注目だ。

道長は、憎しみから生じる呪詛の効果を信じていないかに見える。しかし同時に、

「生半可な果報であったら、人のことばや思惑に左右されることもあろうけれど」（〝おぼろけの御果報にてこそ人の言ひ思はんことによらせたまはめ〟）

とも言っており、天の加護の薄い一般人なら人のことばや思惑に左右されることもあろうが……と、大半の人間は多かれ少なかれ悪意の影響を受けるとしている。

しかし、天皇の皇子として生まれるほどの優れた果報のある者は、人の悪意には左

右されないというのである。

これは、奈良朝末期と比べると、一歩進んだ考え方といえよう。

いずれにしても、彰子腹の第二皇子は無事で、彼を呪ったとされる高階明順は死んだ。

そうしたストレスゆえか、伊周も寿命を縮めた。

呪われた側ではなく、呪った側が死ぬのは、奈良時代の井上内親王のケースと同じである（彼女はおそらく殺されたわけだが）。

そして、呪われたとされる側――光仁天皇や、一条天皇の第二皇子やその外祖父・道長の権勢はより強化された。

こうして見ると、呪詛事件というのは、実は、呪詛されたと称する側が、呪詛した側を陥れるために、でっち上げた事件だったのではないかとすら思える。道長の場合は、単に伊周が愚かで、呪詛に頼ってしまっただけなのかもしれないけれど。

だとしても、そこには告発者というのがいるはずだ。

問題は、この告発というのが、時に偽りであったりすることなのである。

4

嘘の告発と悪意

言霊時代の嘘の告発

太古の昔、口にしたことばが現実になる、いわゆる「言霊」が信じられていたとされている。

呪いが大罪として、身分・財産の剝奪や流罪につながったゆえんである。

しかし、ことばの価値が重い割には、嘘の申告をする者が、記録にはしばしば見られることが、昔から私は気になっていた。

不破内親王の呪詛に関わったとして断罪された県犬養姉女にしても、のちに丹比乙女という者の〝誣告〟であったことが判明したものだ（↓3）。

〝誣告〟とは、故意に事実とは違う嘘の告発をすることだ。

もちろん、現代にだって、嘘をついてまで人を中傷しようとする人間はいる。

ネットの世界には、そんな輩があふれている。

しかし嘘の中傷によって、相手が逮捕されたり、場合によっては死刑になると知りながら嘘の証言をしたとするなら、罪に問われるのは当然だ。ましてことばには魂が宿るとされるほど重みのあった時代、その罪の重さは現代の比ではない。なのになぜ、嘘をついてまで、他人を貶める者がいたのだろう？

その罪は今以上に重いものではなかったのか。

嘘をつく者は恐ろしくはなかったのか。

と考えた時、私の心に浮かぶのは、長屋王《ながやのおおきみ》の事件である。

密告されて二日後、妻子共々死ぬこととなった長屋王

長屋王は、天武《てんむ》天皇の皇子・高市皇子《たけちのみこ》と、天智《てんじ》天皇の皇女・御名部皇女《みなべのひめみこ》を両親にもち、元正《げんしょう》天皇や文武《もんむ》天皇と同腹の吉備《きび》内親王を妻にもつ貴公子中の貴公子だ【系図2】。

とくに父の高市皇子は、草壁皇子《くさかべのみこ》の死後、即位した持統《じとう》天皇の政権のトップで、実は即位していたという説もあるほどの実力者である。

系図2　長屋王関連

『日本書紀』『続日本紀』『尊卑分脈』による

○数字は天皇の即位順

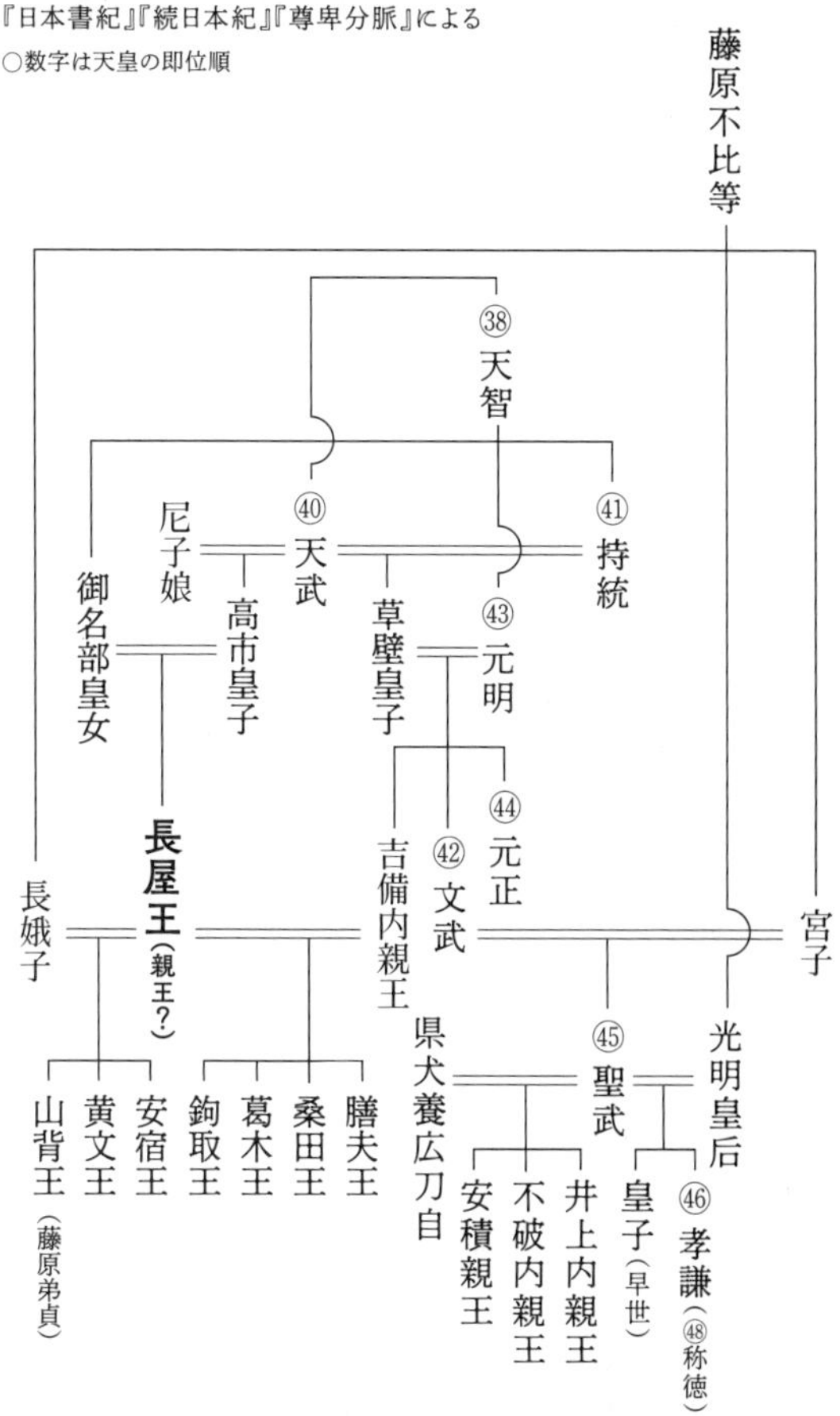

そんな高市皇子の第一皇子である長屋王は、新興勢力である藤原氏にとって目の上のたんこぶであった。

聖武天皇が即位した神亀元（七二四）年、天皇の母である藤原宮子を大夫人《だいぶにん》と尊称する勅《みことのり》が出たのだが、長屋王が公式令《くうじきりよう》との矛盾を指摘したため、勅が撤回されるということがあった（『続日本紀』神亀元年三月二十二日条）。

やがて神亀四（七二七）年、聖武天皇の夫人にして、宮子の異母妹の藤原光明子が皇子を生む。この皇子は二ヵ月後、異例の早さで皇太子となるものの、神亀五（七二八）年九月十三日、薨去《こうきよ》してしまう。

長屋王が「国家を傾けようとしている」との密告があったのは、その五ヵ月後、神亀六（天平元、七二九）年二月十日のことであった。

この密告を受けた朝廷は、すぐさま伊勢国鈴鹿関《いせのくにすずかのせき》、美濃国不破関《みののくにふわのせき》、越前国愛発関《えちぜんのくにあらちのせき》の三関を固めさせ、問答無用の勢いで長屋王の邸宅を兵により取り囲んだ。

そして二月十一日、役人たちを遣わして長屋王を糾問。

二月十二日、〝王をして自ら尽《し》なしむ〟（王を自殺させる）という急展開に。さらにその妻・吉備内親王、息子の膳夫《かしわで》王、桑田《くわた》王、葛木《かずらき》王、鉤取《かぎとり》王らが同じように自ら首をくってしまう（同天平元年二月十日条、十一日条、十二日条）。

密告からわずか二日後というスピーディさであった。

しかるに二月十三日、天皇は使者を遣わして、長屋王と吉備内親王の屍を生駒《いこま》山に埋葬させ、

「吉備内親王に罪はない。前例に従って葬送すべし。ただ、楽器の鼓吹は止めよ」

「長屋王は、罪人に準じるとはいえ、その葬礼を賤《いや》しくすることのないように」

等々の勅が出された（同十三日条）。

国家を傾けようとした割には、罪が軽いのである。

その後、十七日、長屋王と交流のあった者が七人配流されるが、その他の九十人の罪は問われず、十八日、王の弟の鈴鹿王の邸宅に使者が遣わされ、

「長屋王の兄弟・姉妹・子孫と妾《しょう》など、縁座《えんざ》すべき者たちは、男女を問わず、ことごとく皆、ゆるせ」

という勅が出された（同十七日条、十八日条）。

そして二十一日には、王の罪状を密告した漆部造《ぬりべのみやつこ》君足《きみたり》と中臣宮処連《なかとみのみやこのむらじ》東人《あずまひと》に叙位等があり、二十六日には、王の弟や姉妹にも従来通りの禄《ろく》の支給を受けることがで

きるとされた（同二十一日条、二十六日条）。

長屋王の事件はこのように発覚からわずか半月という「スピード解決」となった。

それにしても、密告があった二月十日から二日後、詳細な調査や申し開きの機会もなしに、王や妻や息子らが死んでいるのが気に掛かる。

また、王や妻の葬儀が普通に執り行われている上、同じ妻や子でも、藤原氏の妻や、彼女の生んだ息子たちは罪に問われず、死んでもいないことも気になる。

もしや王は、藤原氏にはめられたのではないか。

そんな思いで『続日本紀』を読み進むと、同書は驚きの事実を明かしてくれる。

密告は〝誣告〟と認める『続日本紀』

長屋王の事件から九年後の天平十（七三八）年秋七月十日、一つの殺人事件が起きる。

武具などの管理を司る左兵庫《さひょうご》の少属（四等官）の従八位大伴宿禰《すくね》子虫《こむし》が、兵器などの管理を司る右兵庫の頭《かみ》（長官）の外従五位下中臣宮処連東人を斬り殺したのである。

というのも子虫はかつて長屋王に仕えていて、大きな恩顧を受けていた。そんな彼が、左兵庫と右兵庫という相並ぶ司で、たまたま東人と共に勤めることになった。そして仕事の合間に碁を囲むうち、長屋王の話題になったため、憤って罵り、とうとう剣を抜いて、東人を殺してしまった。

そんな記事のあと、『続日本紀』は、驚くべき一行を加える。

〝東人は長屋王の事を誣告《むがう》せし人なり〟（天平十年秋七月十日条）

つまり、長屋王の罪はでっち上げられたと言っているのだ。

そうと分かると、色々なことが腑に落ちる。

長屋王事件の処理が異様に早かったこと、関係者の処罰がゆるかったこと等々。

神亀六（天平元、七二九）年二月の王の死から半年後、聖武天皇の夫人だった藤原光明子は、人臣初の皇后となる。正確には二番目だが、一番目の先例は数百年も前の、仁徳《にんとく》天皇の皇后のイハノヒメという、ほとんど神話上の人物である。

皇后は即位することもあったためか、かつては皇女などの皇族が立つことになっていたのだが、そんな大変な地位に藤原光明子はついた。

そもそも聖武天皇その人が、藤原氏の母をもつ初の天皇なのである。

藤原氏というと平安時代のイメージから天皇を数多く輩出していると思われがちであるが、飛鳥《あすか》・奈良時代の天皇の母は蘇我《そが》氏と皇族ばかりで、藤原氏から生まれた天皇は聖武が初めてであった。

ちなみに聖武の母・宮子は、プレッシャーからか鬱《うつ》状態となり、天皇を生んで以来、我が子に会うことは全くなかった。それが、僧正玄昉《そうじょうげんぼう》の看護が功を奏し、三十六年ぶりに我が子に会うことができた。すでに天皇は三十七歳になっていた（『続日本紀』天平九〈七三七〉年十二月二十七日条）。

いずれにしても、長屋王が死んで初めて、藤原氏は皇后に立ったのである。

長屋王を誹謗する『日本霊異記』と『続日本紀』

話は密告者の東人に戻る。

神亀六（天平元、七二九）年二月十日、長屋王を密告した時、東人は無位であった。同じく密告者の漆部造君足は従七位下であった。彼らは密告の功労として、二月二十一日、外従五位下等を授けられる。ほかにも一人、密告者がいたが、彼も従七位下等を授けられている（『続日本紀』天平元年二月二十一日条）。

ただしそれ以降、東人は昇進しなかったのか、天平十年に殺された時も外従五位下であった。

律令では、謀反や大逆を〝誣告〟した者は〝斬〟という規定があるという（「闘訟律」40逸文――新日本古典文学大系『続日本紀』二 校注）。

子虫に斬られた東人は、結果的には、誣告罪の刑罰を受けたと同様のことになった。

やはり嘘の罪は重かったのだ。それでも東人が誣告したのは、藤原氏と先祖を一にする中臣氏の彼が、昇進をちらつかせられたといったことがあったのかもしれない。

それにしても、無実の罪で自分ばかりではなく、妻や四人の子まで死ぬことになった長屋王はとんだ災難ではないか。

のちに怨霊となって祟りをなしたという話が出てくるのも無理はない。

日本最古の仏教説話集『日本霊異記』によると、はじめ、王（『日本霊異記』によると〝親王《おほきみ》〟）の骨は土佐国《とさのくに》に流された。ところがその国の人々がたくさん死に、人々は役所に訴えた。

「王（〝親王〟）の祟りによって国内の者は皆、死に失せてしまいます」

それを聞いた天皇は、王の骨を都に近づけようと、紀伊国《きのくに》の沖ノ島《おきのしま》に置いた（中巻第二）。

『続日本紀』では、長屋王の葬礼を賤しくすることのないようにという勅が出ているので、この話はいささか信じがたい。

一方で、『日本霊異記』は、王の悲劇を、王自身の悪事による因果応報であるとも説いている。

天平元年春二月八日、元興寺《がんごうじ》で大法会が開催された。その際、勅により、長屋王（原文は〝長屋親王〟）が、僧侶たちに食事を提供する役の長官に任命された。時に一人の僧が、無作法にも炊事場に入ってきて、鉢を捧げて飯をもらおうとした。それを見た王は、象牙の笏《しゃく》でその僧の頭を打ったため、僧の頭は破れ、血が流れ出た。僧は頭をさすって血をぬぐい、恨めしそうに嘆いて、姿を消した。時に多くの僧や人々は、

「不吉だな。よいことはあるまい」

と、囁《ささや》いた。

　二日後、

〝嫉妬《ウラヤ》ミする人〟（王を妬《ねた》みそねむ人）

がいて、天皇に王の悪口を言い、軍兵を遣わされた王は、

「私は罪なくしてとらわれる。必ず殺されるだろう。他人に打ち殺されるよりは、自ら死ぬほうがましだ」

と考え、子や孫に毒薬をのませて絞め殺したあと、自らも同様にして自害したという（中巻第一）。


　この大法会の記事は『続日本紀』にはないものの、同書は、聖武天皇の〝勅〟（仰せ）として、王の性格をこう形容している。

「残忍邪悪」（〝忍戻昏凶《じんれいこんきょう》〟）

と。それで、

「道を誤って悪事があらわれた。偽りを尽くして企みを極め、にわかに法の網にかかった」（〝途《みち》に触れて著《あらは》る。慝《いつはり》を尽して姧《かだましき》を窮《きは》め、頓《にはか》に疏《あら》き網《あみ》に陥《おちい》れり〟）

というのだ（同天平元年二月十五日条）。

こうした邪悪な性格ゆえに道を誤ったというのは、『日本霊異記』に見える因果応報思想に一脈通じている。

死人に鞭《むち》打つ、ひどいことばではある。

実際に王が邪悪な性格だったとしても、『続日本紀』は王の罪が無実であると認めているのだ。にもかかわらず、ここまで中傷するのは、無実の王を死なせたことへの言い訳めいた気持ちがあるからではないか。

長屋王が罪なくして死ぬことになったのは王側にも理由があったのだと、仏教的な因果応報思想を展開し、朝廷の判断を正当化しているのだ。

プラス、編纂者《へんさんしゃ》側の王への悪意があるだろう。

長屋王へ向けられた悪意

長屋王事件は、その後、光明子が実質的に人臣初の皇后に立ったことから、「この冤罪事件については、従来は、光明立后との関連で藤原氏が企てた陰謀と解釈し説明されるのが一般的であった」（新日本古典文学大系『続日本紀』二　補注）

それに加えて近年では、長屋王が「有力な皇位継承候補者」であったからではないか、という説が出ているという。

王の父の高市皇子は、持統朝で「皇太子に準ずる処遇」を受けていた上、近年出土した木簡には〝長屋親王〟とあり、王が実は『日本霊異記』のいうように〝親王〟として天皇家で認識されていたと見られるからだ（同前）。

藤原氏腹初の天皇（聖武）をようやく立てた藤原氏としては、とにかく藤原氏腹の皇統をつなげたい。それで光明子腹の生まれたての皇子を皇太子にするという前代未聞のゴリ押しをしたものの、皇子は翌年死んでしまった。聖武の皇子には安積《あさか》親王もいたが、彼の母は藤原氏ではない。しかも長屋王（親王）という有力な候補もいる。

藤原氏としては、万一の時のために光明子を皇后にすることで藤原氏系の女帝への道をつけたかったのか、あるいはそれは無理にしても光明子の地位を高めることで、光明子腹の皇女（孝謙天皇。のち重祚して称徳天皇）の即位を実現させたいという思いがあったろう。

それには長屋王が邪魔になる。

現に王がいなくなって以来、藤原氏は着々と権勢を広げていった。王の死と同年、光明子は皇后となり、九年後の天平十（七三八）年、彼女が三十八歳となって妊娠の可能性が低くなってくると、その腹の皇女（孝謙天皇）は女性初にして女性唯一の皇太子となって、天平十六（七四四）年、安積親王が十七歳で頓死《とんし》（これも藤原氏による毒殺説がある）、天平勝宝《しょうほう》元（七四九）年、孝謙天皇の即位となる。その後も皇位を巡るさまざまな政争が絶えぬまま奈良朝は幕を閉じる。

長屋王は藤原氏の権勢欲の犠牲になった形で、そうした歴史を伝える『続日本紀』とて、桓武天皇の御代に撰進された勅撰国史とはいえ、実質的には藤原氏の手になると言っていい。

『続日本紀』の編纂は長期にわたり、複数の人が関わっているが、とくに藤原不比等《ふひと》の孫で、光明皇后の甥として恩顧を受けた仲麻呂《なかまろ》が編纂を志した可能性が高いという（新日本古典文学大系『続日本紀』一　解説）。ちなみに仲麻呂は、いとこの孝謙天皇の上皇時代、謀反の密告があり、失脚している。

そして『続日本紀』がまとめられた桓武朝での総指揮官は太政官のトップ藤原継縄《つぐただ》だ。

同書は、それまでの天武天皇系とは異なる、「新しい王朝の創始者ともいうべき意識を強烈に抱いていたと思われる」桓武天皇が、「みずからの王権を誇るためにこの修史を行った」(同前)といい、桓武天皇の思惑が大きく影響している。

彼の修史の目的の一つは、「聖武天皇の皇統、ことに称徳天皇の治政に対し、それを否定し克服した者としての評価を与えること」だった。

具体的には、孝謙天皇の治政の記述において、光仁朝での編纂の際にはあった記事を、桓武朝において大幅に削除させた可能性があり、また、称徳天皇(もと孝謙天皇)の死亡記事ではその事績を批判したのである。

長屋王事件をあっさり冤罪としたのも、王が抹殺されたからこそ、孝謙天皇の立太子や即位があったからで、この女帝の即位自体に批判の目を向けさせるためだったのではないか。

プラス、編纂に大きく関わった藤原氏の悪意があったろう。

藤原氏の権勢の道を邪魔する者はそれだけで罪深い……そんな確固たる価値観のもとで、王は断罪されているのではないか。

信念のある悪意ほど怖いものはない。

5

公正であるはずの歴史書に秘められた悪意

正史『日本後紀』の凄いこきおろし

『続日本紀』は、聖武天皇のことばとして、長屋王の性格を、

「残忍邪悪」(〝忍戾昏凶〟)

とこきおろしたものだ(↓4)。

後世、一級史料として重んじられている正史に、こうも悪意むき出しの人物評が載っていることに驚く人がいるかもしれない。

しかし、『続日本紀』に続く勅撰国史の『日本後紀《にほんこうき》』の卒伝《しゅつでん》の悪意は、こんなものではない。

以下、森田悌《もりたてい》による現代語訳を紹介すると……。

「従四位下藤原朝臣縵麻呂《かずらまろ》が死去した。縵麻呂は贈太政大臣正一位種継《たねつぐ》の第二男である。生まれつき愚鈍で、事務能力がなく、大臣の子孫ということで内外の官を経歴し、名声を上げることはなかった。ただ酒色のみ好み、他のことに思いをいたすことはなかった。行年五十四」（弘仁《こうにん》十二〈八二二〉年九月二十一日条）

大臣の子だから職にありつけたものの、愚鈍で酒好きで好色とは、侮辱的にも程がある。

この評伝は、ウィキペディアにも載せられており、千年以上あとになっても、愚鈍で酒好きで好色という名を取ることになったのは気の毒である。

『日本後紀』は、相手が天皇であっても容赦しない。平城《へいぜい》天皇の評伝はこうだ。

「平城太上天皇《だいじょう》（中略）は識見や度量が奥深く、智恵や計略に勝れていた。天皇として親政を行い、己に勝ち精神を奮いたたせて、無駄な国費を省き、珍奇物の貢物を停止した。法令は厳格に整えられ、その下で秩序がきちんと守られ、古の聖王にも劣らないほどであった。しかし、生まれつき他人を妬み排することが多く、人の上にいて寛容を欠いていた。即位の当初、弟伊予《いよ》親王母子を殺し、多くの者が連坐した。当時の人々は刑の乱用であると論じた。その後、婦人（藤原薬子《くすこ》）を寵愛《ちょうあい》し、政治を委《ゆだ》ねるようになってしまった。牝鶏《ひんけい》が時を告げるのは、家の滅びに他ならない。惜しいことである。行年五十一。天推国高彦天皇《あめおすくにたかひこのすめらみこと》と謚《おくりな》した」（天長《てんちょう》元〈八二四〉年秋七月十二日条）

前半には功績も記されているものの、後半の印象が強すぎる。古代中国の『書経《しょきょう》』に基づく、女性嫌悪的な史観も見える。雌鶏が雄鶏に先立って時を告げる、つまりは女性上位であると家が滅びるという、現代なら炎上間違いなしのヤバい考え方である。

ひどいのは、桓武天皇の異母妹で、天皇の妃となった酒人内親王の言われようだ。曰く、

「二品《にほん》酒人内親王が死去した。内親王は光仁天皇の皇女で、母は贈吉野《よしの》皇后（井上内親王）である。容貌が美しくたおやかであった。幼くして斎王《さいおう》となり、年を経て退下し、にわかに三品《さんぼん》に叙された。桓武天皇の後宮に入り、盛んな寵愛を受け朝原《あさはら》内親王を産んだ。生まれつき驕《おご》りたかぶり、感情や気分が不安定であったが、桓武天皇は咎《とが》めず、放任した。そのため淫《みだ》らな行いが多くなり、自制することができなくなった。弘仁年中に年老い衰えたのを憐れんで、特に二品を授けた。毎年、東大寺《とうだいじ》において万《まん》灯会《とうえ》を行い、死後の菩提《ぼだい》のための資《し》とした。僧侶たちはこれを寺の行事として弘《ひろ》めた。行年七十六」（天長六〈八二九〉年八月二十日条）

上げたり下げたり忙しい。しかし全体としては中傷のイメージを受ける。

ただし倉本一宏《くらもとかずひろ》によると、〝婬行〟（淫らな行い）は、本によっては〝婳行〟とあり、〝婳〟は「見目良い」「美しく舞う」「戯れる」といった意味もあるので、「こうなると、豪華華麗な交友や、万燈会などの華やかな催しを好んだという意味であったのかもしれない。また、「婬」には性的に淫乱という意味以外にも、「たわむれる」「おぼれる」という意味もある。なにかにつけて、たとえば万燈会のような宗教行事とかに没頭するタイプの人だったのであろう」ともいう（『平安貴族列伝』日本ビジネスプレス）。だとしても「生まれつき驕りたかぶり、感情や気分が不安定であった」（〝為性倨傲、情操不修〟）という記述は動かぬわけで、現代日本では、内親王にこんな評価は下すまい。

また、中傷の特徴として、対象が女性である場合、必ず性的な中傷が出てくるというのも一つのパターンである（これについては章を改めて分析したい）。

相手を選んで中傷

紹介したのは三例だが、その毒々しさに驚いた人も少なくないのではないか。

これらはすべて卒伝とか薨卒《こうしゆつ》伝《でん》と呼ばれる死亡記事の記述である。

現代日本の物故者欄でこんな人物評をしたら、遺族からクレームがくるのではないか。場合によっては訴訟モノだろう。

実は『日本後紀』の薨卒伝は辛辣なことで有名なのだが、辛辣さの対象となっているのは、すべて当時の政権にとって煙たい人たち……本人や先祖が敵対していた人たちだ。しかも、すでに血統が絶えていたり弱体化していたりする人々である。

平城上皇は、譲位後も権勢を持とうとして、朝廷が二つあるような混乱を招いたあげく、同母弟の嵯峨《さが》天皇を攻撃すべく反旗を翻《ひるがえ》した（平城太上天皇の変、または薬子の変）。

結果、失敗して、上皇をそそのかしたとされる藤原薬子は自害、上皇は出家して終わっている。

『日本後紀』はこの上皇に苦汁をなめさせられた嵯峨天皇が編纂を命じている。上皇が中傷されるのは、当然といえば当然なのである。

藤原縵麻呂にしても、この変によって死んだ薬子や仲成《なかなり》の兄弟であり、南北朝時代の系図集『尊卑分脈《そんぴぶんみやく》』を見ても、子孫に地位や名のある人はいなかったのか、途切れた形になっている。

また、酒人内親王は、天智天皇の孫の光仁天皇の皇女とはいえ、母方は天武天皇の系統だ。『日本後紀』の編纂当時の皇統はすでに天智系に移っている。しかも彼女の母の井上内親王は、夫・光仁を呪詛したとして廃后となり、廃太子となった皇子の他戸親王ともども、同日に謎の死を遂げている（→3）。

いずれも、『日本後紀』編纂当時は「過去の人々」と言っていい。

つまり編纂者は、相手を選んで不名誉な記事を書いているのだ。

これは今のネットリンチと変わらない。

ネットリンチをする人たち、またそれを扇動する人たちは、自分にとって利害関係のない相手、反撃してきたとしても大した痛手は受けなさそうに思える相手を、選んでやっている。

そしてそれは昔から変わらない。

公的文書においてすらそうなのである。というか、公的文書は時の権勢に都合のいいように書かれているので、鵜呑みにすると、かえって真実を見誤ることもある。現代日本ですら文書の改竄《かいざん》があって自殺者まで出たことは記憶に新しい。

『源氏物語』の紫式部は、主人公の源氏に、

「『日本書紀』などの正史はほんの一面に過ぎない。物語にこそ、道理に叶った詳しい事情が書かれているのでしょう」(〝日本紀《にほんぎ》などはただかたそばぞかし。これらにこそ道々《みちみち》しく詳しきことはあらめ〟)(「螢《ほたる》」巻)

と言わせたものだ。長屋王が正史では〝王〟でも、仏教説話集の『日本霊異記』では〝親王〟とあって、それは間違いであると長いこと信じられてきたが、長屋王の邸宅の木簡が発見され、そこに〝長屋親王〟と書かれていた。それで、かえって『日本霊異記』こそ事実を伝えていた可能性があるとされたものだ（↓4　とはいえ、『日本霊異記』でも王の人格は否定的に描かれていたが）。

公文書に限らず、同じ事象でも、西側諸国と共産圏では、こうも差があるのかと、その伝え方の違いに驚かされることは多い。

「誰が」「どういう立場で」伝えているか……とりわけ極端な伝え方をしている文書の場合、たとえそれが一級史料と呼ばれるものであっても、その背景を考えてみなければいけないと思うゆえんである。

6

言霊が信じられていた古代なればの罰としての改名

孝謙称徳天皇に特有の罰とは

称徳天皇(はじめ孝謙天皇。以下、孝謙称徳天皇)が『日本霊異記』や『古事談』といった後世の文学で、性的な中傷という形で、悪意をぶつけられていたことはすでに触れた(→はじめに)。

しかし、『続日本紀』を見る限り、彼女自身もなかなかえぐい「悪意の人」であったことが浮き彫りになる。

彼女は、身近な罪人に流罪などだけでなく、名を屈辱的なものに変えるという賤名の罰をしばしば加えている。

有名なのが和気清麻呂《わけのきよまろ》だ。

称徳が道鏡を皇位につけようとした際、それを認めないという神託を持ち帰ったため、かつて与えた和気という姓を取り上げて別部《わけべ》とし、名は穢麿《きたなまろ》とした（神護景雲三〈七六九〉年九月二十五日条）。

また彼女が孝謙天皇時代、橘《たちばなの》奈良麻呂《ならまろ》の乱後、加担した黄文王《きふみ》は多夫礼《たぶれ》、道祖王《ふなと》は麻度比《まとひ》、賀茂角足《かものつのたり》は乃呂志《のろし》などと名を改められた上、いずれも〝杖《つゑ》の下《もと》に死ぬ〟つまりは拷問の上、殺された（天平宝字《ほうじ》元〈天平勝宝《しょうほう》九、七五七〉年秋七月四日条）。

それぞれ、気が狂っている者、迷っている者、のろまといった意味で、命名者の強い悪意が感じられる。

こうしたエキセントリックな感じが、後世、この女帝の評判を下げる要因にもなっているのだろう。

ただ、孝謙称徳天皇による刑罰としての改名の多さは、彼女の治世の脆弱性とも関わるのではないかと私は考えていて、かつて『毒親の日本史』（新潮新書）で触れたことがある。

女性初にして唯一の皇太子となった彼女ではあったが、安積親王という異腹の男子がいる中での立太子は風当たりが強かったはずだ。彼女の母方いとこである橘奈良麻呂は、彼女の皇太子時代から女性皇太子を認めず、反乱を企てたし、母の光明皇后死後は、淳仁天皇の舅《しゅうと》で、彼女の父方いとこでもある恵美押勝《えみのおしかつ》（藤原仲麻呂）が反旗を翻している。

そんな中、彼女は、屈辱的な改名を含めた賜姓を繰り返した。姓というのは天皇が与えるもので、賜姓は天皇の特権だ。

孝謙称徳天皇による屈辱的な改名はその特権の誇示でもある。誇示しなければならぬほど、彼女の権力基盤は脆弱だったのだと思う。

だとしても、名誉な賜姓ならともかく、こうした屈辱的な改名を採用したのは孝謙称徳天皇だけというのは、彼女の名前への強いこだわりを感じる。

彼女の名前へのこだわりは、孝謙称徳という名にも表れている。

通常、天皇の呼び名というのは、死後つけられた諡だが、孝謙称徳という彼女の呼び名は生前つけられたものだ。彼女が淳仁に譲位した際、〝宝字称徳孝謙皇帝〟という尊号が奉られたのである（『続日本紀』天平宝字二〈七五八〉年八月一日条）。

それを二つに分け、はじめの在位の時は孝謙天皇、淳仁を降ろして重祚した時は称徳天皇と、後世、呼んでいるわけだ。

未開社会には、名前とその人そのものが一体であるという「名実一体」の思想があるという（豊田国夫《とよだくにお》『名前の禁忌習俗』講談社学術文庫）。

古代日本も例外ではないが、孝謙称徳天皇はとりわけその思想が強く、自分の名にも人の名にも、こだわっていたのかもしれない。

孝謙称徳天皇への悪意による印象操作？

もう一つ、孝謙称徳天皇の悪意のこもった改名の裏には、『続日本紀』の編纂者の意図があったのではないか。

『続日本紀』は桓武天皇の御代にまとめられたが、4で触れたように、彼の修史の目的の一つは「聖武天皇の皇統、ことに称徳天皇の治政に対し、それを否定し克服した者としての評価を与えること」（新日本古典文学大系『続日本紀』一　解説）であった。しかも「孝謙天皇の治政に関する巻十八・十九の記述において光仁朝の史書の記事を大幅に削除した可能性」（同前）があり、死亡記事ではその事績を批判したのである。

ということは、この女帝にマイナスのイメージがつくようなことをことさら記したという可能性も十分あるのではないか。

ここで思い出すのは『日本書紀』における武烈天皇に関する記述である。

武烈天皇は、平群氏と女を巡って争い、平群氏を父子ともども殺している。しかし『古事記』ではこのエピソードは顕宗天皇のものだ（↓2）。

『日本書紀』では、妊婦の腹を割いて、その胎児をご覧になったとか、女を裸にして平板の上に座らせて、馬とセックスさせた上、女の陰部が潤っている者は殺し、潤っていない者は召し上げて官婢とし、これを楽しみにされたといった記事もある。

けれどこうした記事は『古事記』の武烈天皇の項目には一切無い。ただ、天皇には皇統をつなぐべき皇子がいなかったため、応神《おうじん》天皇の五世の子孫であるヲホドノ命（継体《けいたい》天皇）を上京させ、仁賢天皇皇女であるタシラカノ命と結婚させて、即位させたとあるだけだ。

『日本書紀』に武烈天皇の悪事がことさら記されるのは、

「仁徳天皇の皇統がこの武烈天皇で断絶することから、聖帝の末裔《まつえい》は暴君という中国思想に基づき、その暴君ぶりを漢籍によって潤色したとする見方が一般的である」

（新編日本古典文学全集『日本書紀』二　校注）

という。

皇統を断絶させることになった武烈天皇を暴悪の王として描くことで、武烈には天命がなかったという印象操作をしているのだ。

『続日本紀』における孝謙称徳天皇に関する記述——不名誉な改名を数多くさせたとか、道鏡を寵愛して皇位を授けようとしたとか——も、これに近いものがあるのではないか。

もちろん、武烈天皇のケースのような露骨さやえぐさは、ない。

彼女が人を改名させたり道鏡を〝法王〟にした（天平神護二〈七六六〉年十月二十日条）というのも『続日本紀』の書く通り、事実なのだろう。

しかし、光仁朝における編纂時にはあった彼女の治世の良い部分を削り、死亡記事では、

「道鏡が権勢をほしいままにして、軽々しく力役を徴発し、つとめて伽藍《がらん》を繕《つくろ》う。公私は疲弊し、国費は不足した。政治と刑罰は日々に厳しくなり、殺戮をみだりに加えた。そのため、のちにこの時代のことを言う者は、すこぶるその罪をとなえている」（宝亀元〈神護景雲四、七七〇〉年八月十七日条）

と、批判している。

彼女が、屈辱的な改名をしばしばさせていたと、ことさら記していたのも、『続日

本紀』の編纂者側の孝謙称徳天皇への悪意の表れ……そんな可能性があるのではないかと思うのだ。

ちなみに、屈辱的な改名は、中国の武則天《ぶそくてん》もしばしばさせていた。夫・高宗《こうそう》の皇后だった王《おう》氏と、淑妃《しゅくひ》だった蕭《しょう》氏を処刑後、それぞれ蟒《もう》（うわばみ）氏、梟《きょう》（ふくろう）氏と改め、辱《はずかし》めた。

また、父方いとこの二人を処刑後、蝮《ふく》（まむし）氏という姓をつけた（氣賀澤保規《けがさわやすのり》『則天武后』講談社学術文庫）。

刑罰としての改名の多さは孝謙称徳天皇の特徴で、武則天に倣《なら》ったもののようだ（新日本古典文学大系『続日本紀』三　補注、森公章《もりきみゆき》『遣唐使の光芒――東アジアの歴史の使者』角川選書など）。

ついでにいうと、武則天も、皇后王氏を呪詛の罪で陥れ、最終的には処刑した。

氣賀澤氏によると、王氏は処刑される時も、皇后としての誇りを失わず、

「どうか天子の行く末がながく幸せでありますように。武昭儀《ぶしょうぎ》めが陛下の寵愛を独り占めした以上、私にのこされたのは死あるのみです。どうぞご存分に」

と静かに言って殺されたが、気性の激しい蕭氏はこう絶叫したという。

「武の女狐め、陛下をたらしこんで、まんまと皇后の座をしとめやがった。私はきっと猫に生まれかわり、鼠となったあやつの喉元を食いちぎってやる」

まさに悪意に基づく呪いのことばである。

そんな二人のライバルを、武則天は鞭打ちの刑に処したあと、その腕と足を切断させ、生きたまま酒の甕《かめ》に放り込んだ。屈辱的な名を与えて辱めたのは、二人の死後のことであった。

武則天の悪意の強さは犠牲となった蕭氏とは比較にならぬほどだが、後世の中国の記録はそれこそ武則天への悪意に満ちたものが多く、性的なものも少なくない。孝謙称徳天皇のケースと同様、そのすべてを信用すべきではないのかもしれない。

7 弱者へ向けられる悪意、強者へ向けられる悪意

戦争とレイプ

戦争にレイプがつきものであることは、他国の戦況の報道を見てもよく分かる。日本も例外ではなく、戦争のたびにレイプが繰り返されてきたわけだが、レイプが描かれた日本最初の文学は、私の知る限り『将門記《しょうもんき》』である。

『将門記』は、平安中期、平将門《たいらのまさかど》を中心とした身内の争いから国家への反乱にまで発展した、将門の乱（九三五～九四〇年）の顚末を描いている。成立時期は乱後数ヵ月から十一世紀までと説により開きが大きいが（矢代和夫《やしろかずお》『将門記』解説——新編日本古典文学全集『将門記　陸奥話記《むつわき》　保元物語《ほうげんものがたり》　平治物語《へいじものがたり》』所収）、いずれにしても、『平家物語《へいけものがたり》』に先立つ古い軍記物として知られている。

ここに、戦闘時のレイプが描かれているのだ。

〝新皇《しんくわう》〟を名乗る将門の軍が、敵に回ったいとこの貞盛《さだもり》らを探索している際、貞盛の妻と源扶《みなもとのたすく》の妻を捕らえた。陣頭《じんとう》(部隊長のことかという)の者たちの陣中に二人が連行されたことを聞いた将門は、女人たちが兵卒から辱めを受けないように命令(原文〝勅命〟。このあたり、将門は〝新皇〟として描かれ、そのことばは〝勅命〟〝勅〟〝恩詔《おんせう》〟、歌は〝勅歌〟と表現されている)した。が、その命令が出される前に、二人は、

「兵卒たちのためにすっかり強姦されていた」(〝夫兵《ふひやう》等の為に悉《ことごと》く虜領《りよりやう》せられたり〟)

時遅しであった。

とりわけ貞盛の妻は、

「身ぐるみ剝がれて裸にされて」(〝剝ぎ取られて形を露《あらは》にして〟)

という惨状で、

「眉の下の涙で、顔にほどこしたおしろいは洗い流され、胸の内の怒りの炎は、内臓を火であぶられるような苦しみをもたらす」（〝眉の下の涙は面上の粉を洗ひ、胸の上の炎は心中の肝を焦《い》る〟）

という有り様。

傍《かたわ》らの陣頭たちは、

「あの貞盛の妻は容顔に気品があります。過ちを犯したのは貞盛であって、妻ではありません。恩詔《おんしょう》を下して本国に返しましょう」

と言い、〝新皇〟（将門）もまた、

「流浪する女人を本国に返すことは法令の慣例だ。また、妻や夫をなくした者や、ひとりみの老人や孤児に恵みを施すのは、昔の帝王が常々行ってきた規範である」

と言って、衣服を下賜《かし》し、彼女の〝本心を試みむが為に〟、即座に〝勅歌〟を詠み与えた。

〝本心を試みむが為に〟ということの意味が分かりにくいものの、

「貞盛の居場所を探るねらいがあったものであろう」（新編日本古典文学全集『将門記』

校注）

という説に、今は従っておきたい。

こんなふうにして将門と貞盛の妻、さらには源扶の妻が歌の贈答をしているうちに、

「人々の心がなごんで、敵愾心《てきがいしん》もいっときやわらいだ」（〝人々和怡《わい》して逆心やすみぬ〟）

という。

戦場でのレイプを雅な歌のやり取りに乗せて報告し、優美な話にまとめているのは、現代人としては違和感を覚えるが……将門が「犯すな」と命じる前に、兵卒たちが捕らえた敵方のトップの妻を犯していたという展開には、当時の坂東武者《ばんどうむしゃ》の習いのようなものを感じる。敵方の女はたとえトップの妻でも、当然のように犯していたわけだ。まして彼女らの侍女クラスであれば、さらに躊躇《ちゅうちょ》なく犯していたのではないか。

戦争においては圧倒的な弱者である女に、敵方の悪意——というよりも憎悪——は向けられ、その身体を「征服」することで、敵を征討する感覚を味わう心理も働いていたのかもしれない。

呪いは弱者の攻撃

将門の乱は朝廷に大きな衝撃を与え、天慶《てんぎょう》三（九四〇）年の正月の宴会には〝無音楽〟つまり音楽の演奏がなかった。〝依東国兵乱也〟（東国の兵乱による）ためだ（『日本《にほん》紀略《きりやく》』天慶三年正月一日条）。

『将門記』によれば、時のミカドである朱雀《すざく》天皇は、自ら玉座を降り、両手を額の上に合わせ、百官は身を清めて、千度の祈りを寺院に捧げた。さらに山々の寺院の阿闍《あじゃ》梨《り》は〝邪滅悪滅《じゃめつあくめつ》〟の法を修し、諸社の神官は〝頓死頓滅《とんしとんめつ》〟の式神を祀《まつ》った。天皇も官僚も寺社もこぞって将門が死ぬよう呪詛したのである。

その際、七日間で焚《た》いた芥子《けし》は七石以上というのだから尋常ではない。

国家仏教というが、国家にあだなす朝敵・将門を殺すべく呪詛する様はおどろおどろしく、神道にしても同様で、宗教とは何なのかと考えさせられる。

千葉の成田山新勝寺《なりたさんしんしょうじ》はこの時建てられたといい（成田山新勝寺ホームページ）、結果、将門は敗れているが、これは、平貞盛などの武士の働きによるものであることは言うまでもない。このころから武士の台頭が著しくなって、呪詛の力も貴族の力も衰えてきたとも言える。

それでなくても呪詛というのは、恐ろしげな反面、弱者の攻撃という感がある。

承久《じょうきゅう》三（一二二一）年、後鳥羽《ごとば》院が鎌倉方の北条《ほうじょう》氏を追討せんと決起した承久の乱では、朝廷側はあらかじめ関東調伏《ちょうぶく》の堂を建て、最勝四天王院《さいしょうしてんのういん》と名づけて鎌倉方を呪詛したというが（元和《げんな》四年古活字本『承久記』）、結局、負けている。

最近でも、第二次世界大戦時、日本の密教界が、密教僧に命じて、敵国アメリカを率いるルーズベルト大統領を呪い殺したというのを本で読んだことがある（正木晃《まさきあきら》『増補 性と呪殺の密教――怪僧ドルジェタクの闇と光』ちくま学芸文庫）。

二十世紀にそんなことをやっていたとは信じられない気持ちであったが、追いつめられた日本であれば、そういう挙に出ても不思議はない……という思いも一方ではある。

もちろんルーズベルトの死が呪詛によるわけもなく、呪詛というのはごまめの歯ぎしり程度の力もないと思うのだが（人に憎まれたり恨まれたりすると、レビューに書かれたり悪い噂を広められたりして、回り回って被害をこうむるという怖さはあるが）、中世までの文学を見る限り、呪詛の力はおおむね有効なものとして語られていた。

たとえば『平家物語』巻第三の「頼豪《らいごう》」である。

白河院《しらかわ》が帝位にあった時のこと。天皇は、寵愛する中宮藤原賢子が皇子を生むよう望んでいて、霊験《れいげん》あらたかで知られる三井寺《みいでら》の頼豪を召し、

「そなた、この中宮の腹に皇子が生まれるよう祈禱《きとう》をせよ。もし念願が成就すれば、望むままの褒美を取らせる」

と言った。頼豪は、

「たやすいこと」

と、三井寺に帰り、百日間、肝胆《かんたん》を砕いて祈った結果、中宮は百日のうちに妊娠し、皇子が誕生した。

喜んだ白河天皇が頼豪を呼び寄せて、望みのものを尋ねると、頼豪は三井寺に戒壇《かいだん》の建立《こんりゅう》を願い出た。戒壇とは、戒を授けるために設けた壇のことで、奈良時代に、

下野《しもつけ》の薬師寺《やくしじ》、筑紫《つくし》の観世音寺《かんぜおんじ》、大和の東大寺の三戒壇が認められ、平安初期には叡山《えいざん》（延暦寺《えんりやくじ》）にも設けられていた。それを三井寺にも設けてほしいというのである。ところが三井寺の戒壇建立については、以前より叡山の妨害があり、三井寺（寺門《じもん》）と叡山（山門《さんもん》）は絶えず争っていた。そのため天皇は、

「今そなたの望みを叶えたら、山門が憤って世間が騒がしくなるに違いない。山門と寺門の両門の合戦となって、天台の仏法は滅びてしまおう」

と言ってゆるさなかった。

口惜《くちお》しがった頼豪は三井寺に帰り、断食して死のうとした。白河天皇はたいそう驚いて、頼豪を師僧としていた大江匡房《おおえのまさふさ》を三井寺に赴《おもむ》かせて、なだめさせようとしたものの、頼豪は護摩の煙のくすぶった持仏堂にこもり、

「天子に戯《たわむ》れの言葉はない。〝綸言汗《りんげん》のごとし〟と承《うけたまわ》っている。この程度の望みもかなわないのなら、私の祈りで生まれさせた皇子なのだから、奪い申して、魔道へ行くつもりだ」

と言って、ついに対面もしなかった。

そのまま頼豪は飢え死にし、皇子はまもなく病気になって、さまざまな祈禱をした

ものの、効果がない。しかも白髪の老僧が錫杖《しやくじよう》を持って皇子の枕元にたたずみ、それが人々の夢にも見えて、幻にも立っていた。

こうして承暦《しようりやく》元（承保《しようほう》四、一〇七七）年八月六日、皇子は御年四歳でとうとう亡くなってしまったのだった。

嘆いた白河天皇が今度は円融房《えんゆうぼう》の僧都《そうず》（第三十六世天台座主《ざす》の良真《りようしん》大僧正）に祈らせて誕生したのが堀河《ほりかわ》天皇というわけだ。

〝怨霊《をんりやう》は昔もおそろしき事なり〟

と『平家物語』は言い、その後、平徳子（建礼門院《けんれいもんいん》）の妊娠に際し、俊寛《しゆんかん》だけが恩赦にあずからなかったことを不吉な文脈で語っている。そんな俊寛はやがて絶食死。人々の恨みを負った平家の暗い行末を暗示するわけだ。

このように、呪詛は、基本的には弱い立場の者が、死や、あるいは死ぬほどの極限状態の中、相手に災いが及ぶよう祈るという悪意に満ちた行為であり、時代をさかのぼればさかのぼるほど、とくに文学ではこの行為が「報われるもの」として描かれている。

しかし現実はそう甘くないのは当然で、文学での呪詛の「成功」というのは、弱い立場の人々の「願望」が投影されているのではないかと思う次第である。

呪いが攻撃として機能していた時代――『古事記』の呪い

呪詛についてはすでにさまざまな本が出ているので、ここで詳しく触れることはしない。

が、呪詛がまだ効果的な攻撃と考えられていた太古の昔の例として、忘れられないのが、『古事記』に見える、いわゆる「海幸山幸《うみさちやまさち》」の話である。

降臨した天孫・ニニギノ命が山の神の娘・コノハナノサクヤビメと一晩関係した結果、ホデリノ命、ホスセリノ命、ホヲリノ命の三柱の神々が生まれる。その状況もなかなかえぐいものがあった。サクヤビメがニニギに妊娠を報告すると、

「たった一夜で子ができたのか。これは我が子ではあるまい。国つ神（地元の神）の子に違いない」

とニニギが疑ったのである。そこでサクヤビメは、

「私の子が、もしも国つ神の子なら生まれる時無事ではあるまい。もし天つ神（天から降臨した神。ニニギ）の子であれば無事であろう」

と言って、産屋《うぶや》に火をつけて出産した。子らの名に〝火《ほ》〟ということばが入っているのは、こんないきさつがあったのだ。

このうちホデリは海幸彦として海の獲物をとり、ホヲリは山幸彦として山の獲物をとっていた。

ある時、弟のホヲリが、

「おのおの〝さち〟（道具）を交換して使ってみたい」

と言いだした。三度願っても兄のホデリは承知しなかったが、最終的には取り替えることができた。

ところが……。

ホヲリが兄の〝海さち〟を使って魚を釣ろうとしたところ、一匹の魚もとれない。しかもその〝鉤《ち》〟（釣り針）を海になくしてしまった。そんなところへ兄のホデリが来て、

「山の獲物も自分のさちでなければダメだし、海の獲物も自分のさちでなければダメ

だね。今はもうそれぞれもとの道具を返そう」

と言ったが、ホヲリは、

「あんたの釣り針は、魚を釣ろうとしても一匹の魚も釣れなくて、とうとう海になくした」（〝汝《なむち》が鉤は、魚《うを》を釣りしに、一つの魚も得ずして、遂に海に失ひき〟）

と答える。

しかるに兄は、何としてでも返すよう弟に求め、弟が腰に帯びた十拳《とつか》の剣《つるぎ》（長剣）をつぶして五百の鉤を作って償っても受け取ろうとしない。千の鉤を作って償っても受け取ろうとせず、

「やはり正真正銘のもとの鉤がほしい」

と言う。

それで弟は泣いて海辺にいた。

と、いかにも兄が悪者のように描かれているのだが……。

これは明らかに弟が悪い。

子どものころから私はそう思っていた。

自分で作って済む鉤なら、はじめから自分で作ればいいのだ。兄の鉤だからこそ、

ホヲリもせがんで交換したものを、それをなくしてしまったのだから、兄が頑として受け入れないのも無理はない。

しかし、神話では兄は悪者のように描かれ、弟ホヲリに同情したシホツチノ神は、潜水艦のような小船を造って、ホヲリを乗せ、海神の娘に相談するように指示する。

そして海神の娘・トヨタマビメに〝麗しき人〟として気に入られたホヲリはトヨタマビメと結婚。三年後、大きなため息をついたホヲリに、海神がわけを聞き、なくした鉤を探してくれることになった。そして鉤を見つけた海神はホヲリに教えた。

「この鉤をその兄に与える時には、この鉤は〝おぼ鉤《ち》・すす鉤・貧鉤《まづち》・うる鉤〟（ぼんやりする鉤・イライラする鉤・貧しくなる鉤・馬鹿になる鉤）と言って、後ろ手にお与えなさい。その兄が高地に田を作ったらあなたは低地に田を作りなさい。そしてその兄が低地に田を作ったら、あなたは高地に田を作りなさい。そうすれば私が水を司っていますから、三年のあいだ、きっとその兄は貧しくなるでしょう。もしそうしたことを恨んで戦いを仕掛けてきたら、〝塩盈珠《しほみちのたま》〟を出して溺れさせなさい。もし嘆いてゆるしを乞うてきたら〝塩乾珠《しほひのたま》〟を出して生かしなさい。このようにして困らせ苦しめなさい」

と言って、ホヲリに塩盈珠と塩乾珠を二つ授けて、ワニにホヲリを送らせたのだった。

結果、兄のホデリは、弟のホヲリに今に至るまで溺れた時のしぐさをしながら、仕えることになったのである。

ホデリも意地悪だが、ホヲリと海神はさらに意地が悪い。

〝おぼ鉤・すす鉤・貧鉤・うる鉤〟

という海神の教えた呪文などは、呪いのことばというイメージをそのまま具現化したようなまがまがしさに満ちている。

『古事記』にはほかにもこの手の悪意に満ちた呪文が描かれ、しかもその呪文は強力なパワーを発揮している例がある。たとえば、下の子ばかりひいきにする母親が、我

が子である上の子に対して、

〝此の竹の葉の青むが如く、此の竹の葉の萎《しな》ゆるが如く、青み萎えよ。又、此の塩の盈《み》ち乾《ふ》るが如く、盈ち乾《ひ》よ。又、此の石の沈むが如く、沈み臥《ふ》せ〟

と、下の子に呪詛させて、上の子を八年間も病床に沈ませたなどという話もある。

このエピソードの場合、呪いのことばもさることながら、その呪いを上の子にかけるよう、下の子に教えたのが、実の母親であるというのが何より怖い。

現代人から見れば、上の子にとっても下の子にとっても、立派な毒母であるが、神話にはこのような理不尽な親というのはわりあい出てくるものなのである。

呪いはサイバー攻撃のようなもの？

太古の昔はもちろんのこと、中世においても、文学では、呪いは効力のあるものとして描かれていた。

本当に強いパワーの持ち主なら、呪詛に頼らずとも権力や腕力で勝負できると思うのだが、言霊に重きを置いていた昔の人にとって、ことばの霊力というのは多くの人の心を動かす、効率の良い兵器のようにとらえられていたのかもしれない。たとえばハッカーによるサイバー攻撃のような、一種の頭脳戦ととらえられていたのではないか。霊験あらたかな験者に頼んで護摩焚きをしながら呪詛するといった大掛かりな呪いは、そうした組織的な頭脳戦に近いものがあったという気がする。

それでなくても、拡散されたことばの呪力というのは、ネット社会の現代にあっても、時として一人の人間を死に追いやったり、企業の評判を落としたりするパワーがある。

ことばの呪力は、その意味で、今も健在なのである。

そしてその呪力は、相手が大スターであったり巨大企業であったりしても、発揮される。

同じように、前近代にも、権力者という強者へ向けられた悪意は、ことばの形をとることが多かった。

その代表が、平安時代から史書や文学などに見られる〝落書《らくしょ》〟である。

強者へ向けられる悪意——落書と噂

落書とは、「時の権力者に対する批判や、社会の風潮に対する風刺やあざけりの意を含んだ匿名の文書。人目に触れやすい場所に落として人に拾わせたり、相手の家の門壁などにはりつけたりしたもの」（『日本国語大辞典』縮刷版第一版）。

平安初期から見られ、有名なものとしては、嵯峨天皇のエピソードがある。

嵯峨天皇の時、〝無悪善〟という〝落書〟が世間に出回った。それを学者官僚の小《お》野篁《ののたかむら》が、

「〝さがなくはよかりなまし〟と読むのだ」

と言った。それを聞いた天皇は、

「篁のしわざだ」

と仰せになって罪を科そうとしたところ、篁は、

「決してあってはならないことです。そんなことをすれば才学の道は今後絶えてしまうでしょう」

と申し上げた。天皇は、

「それも道理である。ではこの文を読んでみよ」

とテストした（『江談抄《ごうだんしょう》』第三　四十二）。

平安後期の『江談抄』には嵯峨天皇のあげた難解な文がいくつかあげられていて、答えも書かれているものの、結果、篁がどうなったかは記されていない。

鎌倉時代の『宇治拾遺物語《うじしゅういものがたり》』になると、テストはぐんと簡単になって、天皇が〝子《ね》〟という文字を十二書かせて「読め」と仰せになると、篁は、

〝ねこの子のこねこ、ししの子のこじし〟

と読んだので、天皇は微笑んで、お咎めもなく済んだという（巻第三　十七）。

いずれにしても篁は、嵯峨天皇への悪意の込められた難解な落書（『江談抄』では〝落書、世間に多々なり〟、『宇治拾遺物語』では〝内裏《だいり》に札を立てたりける〟）を、その才知と学識のために読解できてしまった。それで天皇は「そんなものが読めるのは書いた本人しかおるまい。おまえが書いたのだろう」と疑って、篁をテストした。そのテストに見事に答えたために篁の疑いは晴れたというわけだ。

ここでは、篁の才能と共に、彼をテストできるほどの嵯峨天皇の優れた才学が浮き

彫りになっている。結果的には良い話になっているわけだが、〝さがなくはよかりなまし〟(『宇治拾遺物語』によると〝さがなくてよからん〟)と、嵯峨天皇がいなくなればいいとした犯人のことは追及されずじまいである(ちなみに篁は、遣唐使の副使に任命された時、トラブルがあって、憚るべきことばが多い漢詩を作ったため、激怒した嵯峨上皇が篁を隠岐《おき》へ遠流に処したということがあった〈『続日本後紀』承和《じようわ》五年十二月十五日条〉。のちに篁は帰還しているが〈同承和七年二月十四日条〉、そんな事実が、嵯峨天皇と篁のこうした説話を生んだのかもしれない)。

気になるのは、天皇を貶めるような落書が世間に出回ったり、あるいは札が内裏におおっぴらに立てられたりしていたことだ。これが従来の呪詛であれば人に知られぬように陰で行うものなのだが、それを公然と行うところに落書の特徴があったわけである。

つまり落書は、権力者にとって不都合な噂を「広める」ところに力点があるわけで、悪く言うと扇動、良く言えば啓蒙的な要素がある。

市民運動もなかった昔にあっては、人々の意識を呼び覚ます役割もあっただろうが、権力者にとってはこの手の落書は厄介なものだったろう。

『源氏物語』でも、登場する貴族たちは〝人聞き〟を気にして、人の噂に立つことを恐れている。

その噂を広めるべく人目に立つ場所に掲げられる落書は、今で言うなら「文春砲」のようなもので、権力者としては戦々恐々としていたに違いない。

ただ、〝無悪善〟のように、篁という、一般人とはかけ離れた知性と知識の持ち主でなければ解読できない落書というのは、噂を広めるという意味では、どれほどの効果があったかは疑問であるけれど……。

8

「悪霊」化の瞬間

悪意を恐れた道長

悪い噂が失脚の原因となることは、今も昔も変わりない。

だからこそ心ある権力者は身を慎み、恨みを買わないようにした。

『栄花物語』によると、藤原道長は、御年二十歳ばかりでも、冗談にも浮気っぽい気持ちはない。それは、性格がまじめというわけではないものの、

「人に恨まれまい、女に薄情だと思われるほどつらいことはなかろう、とお思いになって」（〝人に恨みられじ、女につらしと思はれんやうに心苦しかべいことこそなけれなど思して〟）

のことで、並々ならず思う女にだけ、ごくお忍びで情けをかけていた（巻第三）。

これは道長の優しさを示すだけでなく、賢明な道長はとりわけ女に恨みを買うことの恐ろしさを分かっていたのではないか。

それでも彼は、後年、物《もの》の怪《け》によって娘を失い、〝後《のち》の悔《くい》〟（後悔先に立たず）という思いをしている（『栄花物語』巻第二十五）。

人の恨みを買うことは、悪い噂を流されるだけでなく、物の怪の逆襲を受けることにもなる。当時の人はそう考えていたのだ。

堀河の大臣と女御の恨み

若いころから〝人に恨みられじ〟と心がけていた道長であったが、結果的には人に恨まれ、大切な娘たちを物の怪化した政敵によって失う形となってしまった。少なくとも歴史物語の『栄花物語』ではそのように解釈されている。

道長を恨んで物の怪となったのは、〝堀河の大臣《おとど》〟（藤原顕光《あきみつ》）とその娘の〝女御《にょうご》〟（延子）だ。延子は、三条天皇の第一皇子で、のちに東宮となった敦明《あつあきら》親王の女御である。皇子も生んでおり、夫が順当に即位すれば天皇の妻となって、その皇子もやがて東宮→即位という道を辿るはずであった。そうなれば延子は国母《こくも》となり、顕光はミカドの外祖父として君臨できた……。

ところが……時の権力者である道長と三条天皇はもともと折り合いが悪く、しかも皇子の敦明親王は性格に難があり、自身も東宮になることに乗り気ではなかった。藤原実資の日記『小右記』によると、敦明は東宮になったら延子のいる堀河院（殿）に移ると言って、母の藤原娍子を困らせ嘆かせている（長和《ちようわ》五〈一〇一六〉年正月二十四日条）。

そんな敦明だったので、『栄花物語』によれば、東宮になってもその地位を何とも思わず、昔の女遊びばかりを恋しがって、道長が引き止めたにもかかわらず退位したというのだが……（巻第十三）。

『栄花物語』の正編作者である赤染衛門《あかぞめえもん》は、道長の正妻・源倫子や娘の彰子に仕えていたので、道長びいきである。ただし『小右記』も敦明の行状を伝えているので、東宮の器ではなかったのかもしれない。しかし、繁田信一《しげたしんいち》によると、敦明は、自分の孫を東宮にしたい道長によって数々の嫌がらせを受けていた。中でも道長の陰湿な嫌がらせは、

「『壺切剣《つぼきりのつるぎ》』と呼ばれる皇太子の地位を象徴する剣を、敦明親王には一度も渡さなかったことなのではないだろうか」（『わるい平安貴族――殺人、横領、恫喝…雅じゃない彼らの裏の顔』ＰＨＰ文庫）

と繁田氏は指摘する。敦明は、こうした「道長からの執拗《しつよう》な圧迫に堪えられなく」なって、東宮の地位を放棄したというのだ。

敦明の東宮退位の真相は私にはよく分からない。確かなのは、最も割を食ったのは、女御の延子と彼女の父の顕光であるということだ。

東宮の地位を手放すことと引き替えに、敦明自身は小一条《こいちじょう》院を院号とする准太上《じゅんだいじょう》天皇の待遇を手に入れた。

しかし、延子にしてみれば、天皇夫人、さらに国母となる当てが外れたわけだから、その失意のほどは察するに余りある。

それでも今まで通りひっそりと愛されていればまだ良かったかもしれない。

しかし、敦明が退位した同じ寛仁《かんにん》元（一〇一七）年の十一月、道長は、敦明を退位させた罪滅ぼしに、娘の寛子を妻としてあてがったのである。正確に言うと、婿取り婚が基本の当時、敦明を婿に取った。

寛子は道長の主要な二人の妻のうち、源明子腹の娘で、婚儀は明子の邸宅である高松殿で行われた。

時に寛子十九歳。小一条院は二十四歳。延子は生年未詳だが、永延《えいえん》二（九八八）年生まれとすれば三十歳だ（『栄花物語』巻第十三には〝ただ今ぞ三十ばかり〟とある）。美貌の延子は夫に愛されていたが、当座は新しい妻に小一条院は惹かれた。そのまま延子は胸が塞がって、

〝つゆ御湯をだに参らで臥したまへり〟（『栄花物語』巻第十三）

という状態になる。さらに寛子の生んだ男宮が早世すると、小一条院も嘆きのあまり引き籠もり、延子のもとへはますます足が遠ざかってしまう（同巻第十四）。

延子はといえば、明け暮れ涙に沈んでいた心労で、寛仁三（一〇一九）年の四月、とうとう死んでしまう。七十六歳になる父・顕光は声を上げて泣き叫んだものの、どうしようもない（同巻第十六）。

その顕光も二年後の治安《じあん》元（一〇二一）年五月、死んでしまうのだ。

道長の娘たちを襲う物の怪

このように、顕光・延子父娘は、道長に深い恨みを残して相次いで死んでいった。そして、道長の娘が出家をしたり病気になったりするたびに、父娘揃って物の怪となって、出現することになる。少なくとも当時の人にとっては、道長の娘たちの不調は、顕光父娘の死霊のしわざと考えられていた。

最初に彼らが現れたのは、小一条院の母・藤原娍子に加え、女御となった道長の娘・寛子が病に苦しんでいた万寿《まんじゅ》二（一〇二五）年のことであった。

〝堀河の大臣、女御〟

などが連れ立って物の怪となって現れ、

〝いとおどろおどろしき御けはひ有様〟

で大声でわめき立てたと、『栄花物語』は語る（巻第二十四）。

やがて小一条院の母・娍子は死去。

女御の寛子も危篤状態となり、父・道長に「何かお心に思うことはございますか」と問われると、

「何もございません。ただ恨めしく思いますのは、小一条院の御事、私が望んでもい

ないようにさせられて、こうして死ぬことになってしまったことです」

と言って泣いたが、涙も出ない。寛子は、すでに延子という妻のいる小一条院と結婚したくはなかったのである。ところが小一条院の東宮退位と引き替えに、父によって結婚させられた。それを恨んでいるのだ。道長は、

「そんなつもりではなかったのです」

と言って、当時、死に際の貴族の多くがそうしたように、寛子を出家させた。すると、物の怪どもは、

「やった！　やった！」（〝し得たり、し得たり〟）

と叫び、顕光・延子父娘の物の怪は、

「今こそ胸がすっとした」（〝今ぞ胸あく〟）

と声を合わせた（巻第二十五）。

寛子は二十七歳の若さで死に、

「それにしても驚くしかない堀河の大臣と女御の御有様よ」

と、小一条院も道長も思うものの、

「後悔先に立たず」（〝後の悔〟）

なのであった。

道長の悲劇はこれでは済まなかった。

源明子腹の寛子が死んで一月と経たぬうち、今度は源倫子腹で、東宮（のちの後朱《ごす》雀《ざく》天皇）に入内《じゆだい》していた嬉子が、皇子（親仁《ちかひと》親王。のちの後冷泉《ごれいぜい》天皇）を出産後、危篤となった。

物の怪が数知れず出現する中、顕光・延子父娘の霊も現れて、嬉子は出産二日後、死んでしまう。

この時も顕光・延子父娘の〝御霊《みたま》〟が不吉なことを大声で叫び続けていた、と『栄花物語』は語る（巻第二十六）。

さらに二年後の万寿四（一〇二七）年五月十四日、明子腹で、出家していた顕信《あきのぶ》が死去（『栄花物語』巻第二十九、『小右記』万寿四年五月十五日条。彼の死に関しては物の怪の記事はない）。

同じころ、長く患っていた、倫子腹の皇太后（故三条院妻）妍子のもとに、やはり顕光・延子父娘の物の怪が出現。九月十四日に崩御してしまう（『栄花物語』巻第二十九）。

短期間のうちに道長は、二十七歳の寛子と、十九歳の嬉子、三十四歳の顕信、同じく三十四歳の妍子という一男三女に先立たれてしまうのだ。

妍子の死に関して、顕光の死霊が関与していたと当時の人が考えていたことは『小右記』からもうかがえ、僧の夢に顕光が現れたことが記されている（万寿四年九月二十七日条）。

人が悪霊になる瞬間

延子が〝心労〟（『小右記』寛仁三年四月十一日条）で急逝《きゆうせい》したように、道長も、とりわけ嬉子や妍子という倫子腹の娘たちに先立たれた心痛は凄まじいものがあった。

嬉子死後、隠棲を考えるようになった道長は、妍子死後、病状が悪化。妍子の死から三ヵ月と経たぬうちに死んでしまう（『栄花物語』巻第三十）。

『栄花物語』は正編も続編も、道長近辺に仕えていた女房の手になる歴史物語である。そこに、道長の娘たちの死が、顕光・延子父娘の物の怪のしわざのように描かれているというのは、道長サイドが実際にそのように解釈していたからだろう。延子は生前から道長に恨みを持つ者と見なされていたようで、『小右記』にも、道長の病悩が延子の〝祈〟（呪詛）によるものという噂が記されている（寛仁二年六月二十四日条）。

ちなみに延子はその翌年死んでいる。こうした噂を立てられることもストレスのもとだったろう。

しかし延子自身の早すぎる死や、道長の娘たちの相次ぐ死は、延子の恨みの深さを人々の心に深く印象づけ、彼女の物の怪化を裏づける結果となった。

『小右記』には、嬉子の死去のあと、人々は、

「故堀河左府（顕光）、小一条院の亡き母（娍子）、院の御息所（延子）の霊が吐くことばは、道長家にとっては最も恐怖である」

と言っている、とある（万寿二年八月八日条）。

また、道長の子孫に当たる慈円《じえん》による鎌倉初期の史論書『愚管抄《ぐかんしょう》』は、顕光・延子父娘が悪霊となった瞬間を生々しく伝えている。

小一条院が道長の娘・寛子の婿に迎えられ、延子のもとに来なくなると、父の顕光は娘を慰めようとして、

「世の習いでございますので、お嘆きになりますな」

と言った。延子は何も言わずに火桶（火鉢）に向かって座っていたが、灰に埋もれていた火桶の火が、

「しゅわりしゅわり」（〝シハリ〱〟）

と音を立てた。

延子の涙が落ちて火にかかっていたのだ……そうと知った顕光は、

「なんとつらいこと」（〝アナ心ウヤ〟）

と悲しみを深め、

「そのまま悪霊となってしまったのだった」（〝ヤガテ悪霊トナリニケリ〟）

と、人は語ったという（巻第四）。


このくだりを初めて読んだ時、衝撃を受けた。とくに〝シハリ〱〟という音がリアルで怖かった。

以来、人が悪霊となる瞬間を古典文学で見つけるとファイリングするようになった。

たとえば藤原朝成《あさひら》（藤原高藤《たかふじ》の孫。紫式部の父・為時《ためとき》の母方オジ）は、任官のことで藤

原伊尹《これまさ》（兼家《かねいえ》の兄。道長の伯父）を恨んで不仲になっていた。折しも朝成が伊尹の家来に無礼な振る舞いをしたため伊尹が立腹。朝成が申し開きに伊尹のもとに赴くと、熱い西日の中、長時間待たされた。朝成は「この殿は私をあぶり殺そうとしているのだ」と思うと〝悪心〟が起き、夜になってしまったので、笏を押さえて立ち去ろうとした。すると、

「ぽきり」（〝はたら〟）

と音がして笏が折れた。こうして帰宅した朝成は、

「この一族を永久に根絶やしにしよう。もし男子や女子が生まれても順調な人生は送らせない。同情する者がいたら、そいつも恨もう」

と誓って死んだので、伊尹の子孫代々に憑《つ》く〝御悪霊〟となった（『大鏡《おおかがみ》』伊尹）。

また、藤原誠信《さねのぶ》（道長の父方いとこ）は、やはり任官のことで〝悪心〟を起こし、除《じ》目《もく》（任官決定）の翌朝から手を強く握りしめ、

「斉信《ただのぶ》（誠信の弟）・道長に私は邪魔されたのだ」

と言い続け、食事もせずに病気となり、除目から七日目に死んでしまった。指はあまりに強く握りしめたために、手の甲にまで突き抜けていたという（『大鏡』為光《ためみつ》）。

こうしてみると道長は少なからぬ人たちに恨まれていた。少なくとも平安・鎌倉時代の人々は恨まれていたと考えていた。

〝人に恨みられじ〟と心がけてはいても、権勢を握るとどうしても人の恨みを買い、恨みを抱えた人々は場合によっては物の怪化する。と、信じられていた。一つにはそんなこともあって、人の恨みを買うまいと当時の権力者はつとめていたのだろう。

悪霊と音

ついでに言うと、悪霊化したかどうかは骨で分かるとも考えられていたようだ（顕光・延子父娘がそうであるという意味ではない）。

平安末期の説話集『今昔物語集《こんじやくものがたりしゆう》』にはこんな話がある。

ある男が長年連れ添った妻を離別したところ、妻は深く恨んで嘆き悲しみ、その思いがもとで数ヵ月患ったあと、死んでしまった。

この女には父母も身寄りもなかったので、遺体は屋内に放置されていたが、髪も抜け落ちず、骨もつながったままでばらばらになることがなかった。隣の人はこれをのぞき見るとひどくおびえた。また、その家には常に真っ青に光るものがあり、〝物鳴リ〟(家鳴り。怪異現象)がしていたので、隣の人は怖がって逃げ惑った。

これをもとの夫である男が聞き、この〝霊《りやう》ノ難〟から逃れるべく陰陽師《おんみようじ》に相談すると、なかなかハードなアドバイスを受ける。それでも男はそのアドバイスに頑張って従って、事無きを得たという話である(巻第二十四第二十)。

この話の何が不気味といって、骨がそのままつながっているというのもさることながら、家の中から青い光と共に常に〝物鳴リ〟がしているという点だ。

顕光・延子が悪霊化した時は灰に埋もれた火に涙が落ちて〝シハリ〱〟と音がしたし、朝成が悪霊化した時は笏の折れる〝はたら〟という音がしたものである。

我々が神に祈る際には、鈴をじゃらじゃらと鳴らし、ぱんぱんと拍手《かしわで》を打って、神を呼ぶものであるが、目に見えぬ鬼神は、「音」で人間と交信しているというわけだ。

現在でも、家がぴしぱし鳴ったり、怪音がすると、ポルターガイストやラップ音などといって心霊現象と結びつけられがちだ。

音は、異界と交信する手段であり、人ならぬ存在からのメッセージ……悪意からは話がそれたが、そんなふうに古代の人は考えていたのだろう。

9

女性蔑視と悪意

女は死に神？

古典文学を読んでいると、女への強い悪意に驚かされることがしばしばある。

そもそもイザナキ・イザナミの昔から女には悪意が向けられがちだ。イザナミは火の神を生んだため、〝みほと〟（陰部）が焼けたのがもとで病みついて黄泉《よみ》の国へ去った。それを追った夫のイザナキは、「黄泉神《よもつかみ》と談判してくるので私の姿を見ないで」という妻のことばに背き、うじの湧く妻の腐乱死体を見てしまった。イザナキが恐れおののいて逃げだすと、怒ったイザナミは夫を追いかけ、あの世とこの世の境に至る。そこで互いに向き合って永遠の別れをする段で、イザナミは、

「愛しい我が夫の君。あなたがそんなことをするなら、あなたの国の人間（〝人草《ひとくさ》〟）を一日に千人くびり殺しましょう」

と言った。それに対して夫・イザナキは、

「愛しい我が妻の君。あなたがそんなことをするなら、私は一日に必ず千五百の産屋を建てよう」

と言った。そのため一日に必ず千人死んで、千五百人生まれると『古事記』は語る。

つまり、女が死をもたらし、男がそれを上回る生をもたらすというわけで、女は死に神に等しい役割を担わされているのだ。

女への悪意と性的中傷

私が注目したいのは、イザナミの死因である。

同じ死ぬのでも、なぜわざわざ陰部が焼けたのが原因とされているのか。

一つには当時、産褥死《さんじよくし》が多かったということがあるだろう。

今一つには、女への悪意が、編纂者にあったのではないか。

というのも、歴史上、悪意を向けられる女は、必ずと言っていいほど性的に貶められているからだ。

道鏡の巨根にもなお満ち足りず、ヤマノイモで自慰具を作り、それが陰部から抜けなくなったのが原因で死んだとされる孝謙称徳天皇しかり（↓はじめに）、淫らな行いが多いとされた桓武天皇妃の酒人内親王しかり（↓5）。酒人の母で、光仁天皇の皇后であった井上内親王も、『水鏡』によれば継子の山部親王（のちの桓武天皇）を求め、関係したとされている（↓3）。

ちなみに井上内親王は孝謙称徳天皇と同じく聖武天皇の皇女だが、夫の光仁を呪詛した罪で皇后を廃され、彼女の生んだ他戸親王も皇太子を廃されている。しかも聖武天皇系の皇族は以後いなくなるので、余計にこの系統の皇族に対しては言いたい放題がまかり通るのだ。

イザナミの場合は、この手の男目線による悪意とは切り離したほうがいいような気もするものの、男が女を貶めようとすると、必ず性的中傷が出てくるのは、他の例を見ても明白だ。

淫乱か穴無しか——小野小町

その最たる例が平安初期の小野小町《おののこまち》である。

小野小町は小倉百人一首《おぐらひやくにんいつしゆ》にも歌が撰ばれた有名歌人。〝花の色はうつりにけりな〟

というその歌から、若いころは容色を誇った美女として、半ば伝説化された存在だ。

また、

〝わびぬれば身をうき草の根を絶えて誘ふ水あらばいなむとぞ思ふ〟（心細さに我が身が「憂き」……嫌になったので、根無しの「浮き」草のように、誘う水があればどこにでも行ってしまおうと思います）（『古今和歌集』）

などの歌、さらに、平安中期から末期に作られた『玉造小町子壮衰書《たまつくりこまちしそうすいしょ》』の玉造小町と混同されて、容色の衰えた晩年は落ちぶれたという説が氾濫《はんらん》した（小町伝説については片桐洋一《かたぎりよういち》『新装版　小野小町追跡――「小町集」による小町説話の研究』笠間書院　が詳しい）。

実際の小野小町は生没年も未詳であるし、落ちぶれたかどうかもすべては藪の中である。

にもかかわらず、後世、小町は男を翻弄したあげく落ちぶれたとか、好色であったという説が大手を振り、時代が下るにつれ、その零落ぶりは過激さを増して、江戸時代ころには、好色とは矛盾するような「穴無し小町」の俗説まで出てくる。性的な不

具者であったため、美女ながら一生男と交わらなかったというわけで、

「穴も無いくせに小町は恋歌也」(小松奎文《こまつけいぶん》編著『いろの辞典』[改訂版]文芸社)

等の川柳が作られた。

これについて細川涼一《ほそかわりょういち》は、

「中世の家父長制家族の成立を前提とした、男性が家を構えない単独生活者として存在した女性をどのようにみたのかという、男性の単身者女性に対する性的な女性蔑視観の両極の表現であるといえる」(『女の中世――小野小町・巴・その他』日本エディタースクール出版部)

と指摘している。

小町が好色だとか穴無しだとかいう説は、中世以降の家父長制的な価値観からくる「ひとりみ女」への偏見の極致だというのだ。

詳細は拙著『ひとりみの日本史』(左右社)に書いたのでそちらを見て頂きたいが、自分の意志で男を選び、結婚を拒む女は、男を中心とした家制度を揺るがす存在であり、「傲慢な女」「高慢な女」と見なされて、淫乱だったり性的不具者であったりしたというレッテルを貼られる。

のみならず、男の上に君臨するような女もまた、性的に貶められ、盛んに悪意を向けられるようになる。

男に背く女、男にまさる能力のある女は、皆、悪意の対象となってしまうのだ。

その早い時期の代表が、先にも触れた孝謙称徳天皇だ。彼女が道鏡を巨根ゆえに愛したという説話は平安初期の仏教説話集『日本霊異記』ですでに語られ、鎌倉初期の『古事談』ではヤマノイモの自慰具が抜けなくなって死んだとされている（巻第一　一）。

女への悪意は、早い時期から、性的中傷とセットで語られていたのだ。

その嚆矢《こうし》が奈良朝最後の女帝であり、その後、江戸時代に至って徳川氏の血を引く明正《めいしょう》天皇が即位するまでおよそ九百年間、女帝が現れなくなることは、興味深いものがある。

清少納言、紫式部も

さて、女の地位が次第に低下する鎌倉時代になると、平安中期に活躍した清少納言や紫式部にも悪意が向けられる。

『枕草子《まくらのそうし》』（一〇〇〇年ころ）で名高い清少納言は、同時代の『紫式部日記』ですでに、

〝そのあだになりぬる人のはて、いかでかはよくはべらむ〟（そういう軽佻《けいちょう》浮薄《ふはく》なたちになってしまった人のなれの果てが、どうして良いことがありましょう）

と、落ちぶれたことが暗示されていた。しかしその落ちぶれの度合いは、時代が下るにつれひどくなり、十三世紀初め、俊成卿女《しゅんぜいきょうのむすめ》（祖父・藤原俊成の養女）によって書かれたとされる『無名草子《むみょうぞうし》』では、晩年、乳母子に連れられて地方に下ったとされていたのが、『古事談』では、零落の果て、男と間違えられて殺されそうになったため前をはだけて〝開《つび》〟（陰部）を見せ、女であることを示したとされている（巻第二）。

小野小町の零落伝承の度合いが、時代が下ると共にひどくなっていったのと同様の現象が、清少納言においても起きているのだ。

しかも、殺されそうになって陰部を見せたといった説話は、小町は穴無しだったとか、孝謙称徳天皇が陰部の中でヤマノイモが折れたのが原因で死んだという俗説同様、性的な屈辱で以て女を貶める手法であり、男顔負けの知性や権力や魅力で以て、男を下に見る（本当に下に見ていたかはともかく、下に見ているように「見える」）女への悪意を感じる。

一方、清少納言を「落ちぶれ者」扱いした紫式部も、十二世紀後半の『今鏡《いまかがみ》』や『宝物集《ほうぶつしゅう》』に至ると、〝妄語《まうご》〟の罪で死後、地獄に堕ちたという説が出てくるようになる。〝妄語〟とは、仏教の在家者の守る五戒に背く罪、また十悪と呼ばれる罪の一つで、嘘をつくことだ。紫式部は『源氏物語』に「さしたる根拠もない、なよなよと色めいたこと」をたくさん書いたため、死後は焦熱地獄の苦しみを受けているというのだ（『今鏡』「打聞《うちぎき》」第十）。

紫式部の場合は悪意が働いているというほどではないものの、そこには「色めいたこと」は罪という意識があって、性――とりわけ、婚姻制度から逸脱する不倫や、女の性へ厳しく目を向ける家父長制的価値観が透けて見える。

中世になると、かつて宮廷文化を彩った、めぼしい美女や才女たちに、軒並み落ちぶれ説話が作られているのだ。

背景にあるのは繰り返すように、女の地位の低下である。

娘を入内させ、生まれた皇子を皇位につけて一族繁栄するというふうに、女パワーでのし上がった貴族の力が弱まり、武士の時代へと転換していく平安末期以降、女の地位は低下して、諸子平等、男女平等だった相続制度にも変化が見えてくる。

それまでは、女は家土地を相続すれば、結婚後、自分の子孫に伝えることができたのが、「一期分《いちごぶん》」（生きているあいだだけの相続）となり、死後は、主たる相続者に返還しなければいけないという制度が生まれてくるのだ。

かくて女の経済力は低下し、それに伴い、次第にその地位全体が低下して、家父長制が強化されていく。

こうなると、女の才能や、家を壊す恐れのある色好み、女の美貌といったものが不用のものとなってきて、それらの才能で名をなした平安女性たちの零落説話が作られるわけである。

南北朝時代には建礼門院徳子も

南北朝時代になると、平安末期に全盛を誇った平家の女も、悪意の対象になっていく。

とくに安徳《あんとく》天皇を母・平時子に道連れにされ、結果的に死なせてしまった天皇の母・建礼門院徳子は、きわどい性的噂を立てられている。

『源平盛衰記《げんぺいせいすいき》』では、清盛《きよもり》の生前から、宗盛《むねもり》と妹の建礼門院は関係しており、できた子を高倉院《たかくら》の御子と言って皇位につけたのが安徳天皇であると、乞食《こじき》法師たちが噂する設定になっている。こうした不義の子だからこそ安徳天皇は皇位を保つことができず、清盛も悪道に堕ち、宗盛らも罪人として大路を渡されるという、生きながらの悪道に堕ちたのだという（巻第四十四）。

また、大原《おおはら》に隠遁後、訪れた後白河法皇に、生きながらにして六道《ろくどう》を見たと語る際、畜生道だけは略したところ、法皇に、

「仏道では懺悔《ざんげ》といって罪を隠さないと聞いている。遠慮なさることはありません」と促され、一つ船の中で兄・宗盛と過ごしたせいで聞きにくい噂を立てられたこと、敵方の源義経《よしつね》に生け捕られた際、浮き名を立てられたことを告白している（巻第四十八）。

ちなみに『平家物語』にも彼女の六道巡りの物語はあるが、畜生道に関しては、安徳天皇や母・時子が死後、龍宮城にいて、そこでも苦を受けているという夢を見たこととして語られている（灌頂《かんじょう》巻）。

それでも『源平盛衰記』の時点では、建礼門院と宗盛や義経との関係は噂レベルで

あったものが、江戸時代になると、

〝義経は母をされたで娘をし〟（青木信光《あおきしんこう》編『末摘花《すえつむはな》――浮世絵・川柳《せんりゅう》』図書出版美学館）

などの川柳が作られるようになる。

義経は清盛に母・常盤《ときわ》御前を犯されたので、清盛の娘の建礼門院を犯したというのである。

建礼門院が兄・宗盛や源義経と関係したというのは考えにくいことであるが、将門の乱の際、敵将の妻たちが兵士たちに犯されたこと（↓7）を思うと、建礼門院が敵方の義経に犯されるということは、坂東武者のあいだではあり得る発想だったのかもしれない。

いずれにしても、安徳天皇を死なせてしまった責任はもちろん、平家の没落をも、建礼門院の性状に起因するものとして押しつける姿勢には、女への強い悪意を感じる。

江戸時代には女性権力者が軒並みターゲットに

江戸時代には、源頼朝や頼家《よりいえ》・実朝《さねとも》死後、鎌倉幕府を牽引した北条政子《まさこ》も、源氏三代を滅ぼした張本人とされ、性的中傷を受けている。

『雨月物語《うげつものがたり》』で名高い上田秋成《うえだあきなり》も、政子を貶めた一人である。

彼の『胆大小心録《たんだいしょうしんろく》』は、

〝平家の世がしたわしいと、鎌くら殿をうらむも尤《もっとも》じや〟

と、平家の世を持ち上げ、

〝尼将軍（政子）の婬乱に世はみだれた〟

と決めつける。さらに、

「尼君（政子）が才気走るに任せて、御簾《みす》の内で政務を執ったことが、鎌倉幕府の衰える前兆であったのだ。尼将軍とさえあだ名して畏れられたことは、古代中国の呂后《りょこう》の例と同じだろう。〝婬慾〟が深く、乱れたことが多かったのは、記録では伝わらないけれど、人が語り継ぎ、言い継いでいるのはあきれるばかりだ」（〝尼君さかしきまゝに、垂簾の政事をとらせし事、衰ふべきさがになんありける。将軍とさへあざ名して、おそれし事、呂氏のむかし物がたりにひとしかるらん。婬慾ふかく、みだりがはしきことの多かりしを、筆にはつたへざりしかど、人のかたりつぎ、云つぎしこそあさましけれ〟）

と、政子の才気を否定的に描き、性欲を強調する。秋成曰く、政子は若い美男子を近くにはべらせ、

「腹を痛めた実朝をさえ抱き戯れたとも聞く」（〝うみの御子の実朝卿をさへいだき戯れたまひしとも聞〟）

という。

のみならず、弟の北条義時《よしとき》は良い男なのでこれをも召した。

また、畠山重忠《はたけやましげただ》は大男で目鼻口が鮮やかで、色黒く、実に良い男であったので、政子は彼にも思いをかけた。が、重忠がなかなか落ちなかったため、

「尼君は素早く丸裸になられて、走り来て重忠に取っ組まれた」（〝尼君はやく、ひとへ

に赤はだかに成たまひて、走り来てくませたまふ〟)

ところが重忠が払いのけようとした拍子に、〝陽精忽におこりて〟(男根がたちまち勃起して)、政子に組み取られるままに夜もすがら〝歓楽をつくし〟た。

〝世俗に云色気ちがひとは、此尼ぎみの乱《みだれ》にぞありける〟

要は政子のせいで、源氏三代は滅び、鎌倉幕府も衰えたのだという。

確かに源氏三代……とくに二代将軍・頼家の死は北条氏がもたらしたことは明らかだが、北条氏が伊豆の流人《るにん》だった源頼朝を後見したからこそ、鎌倉幕府が開けたとも言える。

まして弟の義時や息子の実朝、畠山重忠と関係していたというくだりは、秋成自身認めているように、何一つ根拠となる記録はない。

そんな秋成は、淀殿《よどどの》のことも貶めている。

〝淀の君〟（淀殿）は美女であるだけでなく、〝色好むさが〟（好色な性質）があって、のちには大野治長《おおのはるなが》を召して近くはべらせ、乱れたことをしていたので、

「豊臣《とよとみ》の天下はそのせいで失われたよ」（〝天のしたは是につきても失なはせしよ〟）

と憎む人は多かった、と。

秋成は、政子は源氏、淀殿は豊臣氏という、夫の家を滅ぼした悪人と決めつけていて、そうした女は決まって好色・淫乱であると中傷しているのだ。

小野小町の没落説話と同様、男を中心とした家を没落させる女への強い悪意が、ここにはにじんでいる。

女性蔑視と悪意が合体すると、能力のある女はことごとく中傷の対象とされてしまう。それも多くのケースで性的な中傷と結びついているのは、ミソジニー（女性嫌悪）的な女への憎悪が感じられて、恐ろしい。

10

中世の大罪・悪口

弁慶の悪口と炎上

「炎上」というネット用語がある。ネットの何気ない投稿から、批判が始まり、飛び火して収拾がつかなくなる状態だ。もとは、火が燃え上がる、とくに大建築が燃え上がることを言うのだが、室町時代に書かれた源義経の一代記である『義経記《ぎけいき》』には、悪口《あっこう》から文字通りの炎上になったエピソードが描かれている。

その主役は、義経の忠実な家来となる武蔵坊弁慶《むさしぼうべんけい》である。

弁慶がまだ義経に出会う前のこと。

比叡山で学問を修めた弁慶は、播磨《はりま》の書写山円教寺《しょしゃざんえんぎょうじ》で夏《げ》の修行（夏安居《げあんご》と呼ばれ、夏の期間に諸国の僧が一室に籠もりきりで修行すること）を終え、学頭《がくとう》（諸大寺の学事を統括する僧）にいとまごいをすべく、その僧坊に行ったところ、ちょうど稚児《ちご》や衆徒たちが酒盛りをしていた。弁慶はそんなところに出向いても無益だと思い、警固の者の詰め所で昼寝をすることにした。それを、相手構わず喧嘩を仕掛ける信濃房戒円《しなのぼうかいえん》という僧が見て、

「多くの修行者を見てきたが、こいつほど態度のでかい憎々しい奴はいなかった。こいつに恥をかかせて寺を追い出そう」

と考えて、弁慶の顔に二行いたずら書きをした。片頬には〝足駄《あしだ》〟、もう片頬には〝書写法師の足駄に履く〟と書き、真ん中には、〝弁慶は平《ひら》足駄にぞ似たりける面《つら》を踏めども起きも上らず〟と書きつけて、小法師たちを二、三十人集めて、板壁を叩いて声を揃えて笑わせた。

目を覚ました弁慶は、人々が笑うのを見て、自分一人笑わぬのは偏屈のようだと考え、可笑《おか》しくもないのに笑ってみた。しかし座敷の空気がどうもとげとげしい。そこで「自分が笑われているらしい」と気づいた彼は、座敷を立って、別の場所へ行くとそこでも見る者が皆笑う。水に姿を映してみたところ、顔に字が書かれているではないか。

「これほどまでの恥辱を与えられては、一時たりともここにいるのは無駄だ」

弁慶はいったんはそう思ったものの、

「自分一人のために比叡山の名を落とすのは残念だ。自分を悪く言った者も言わない者も無差別に〝散々《さんざん》に悪口して〟、咎める者は懲《こ》らしめて、恥を雪《すす》いでから行こう」と思い返して、人々の僧坊を巡って、〝散々に悪口〟した。

ここから書写山全体を巻き込む大騒動となり、弁慶と戒円とその弟子たちとの決闘に発展。戒円が、長火鉢にあった燃えさしの棒で弁慶を攻撃すると、弁慶は燃えさしごと戒円をつかみ、講堂の軒のほうへ投げた。そうしたところ、その燃えさしが軒に挟まり、折しも谷から吹き上げた風にあおられ、九間《けん》の講堂、七間の廊、多宝塔、文殊楼《もんじゅろう》、五重塔へと吹き渡り、御堂の数々が五十四ヵ所焼けてしまった。

それを見た弁慶は、西坂本《にしさかもと》に走り降り、松明《たいまつ》に火をつけて、軒を並べた僧坊の一軒一軒に火を放ち、そのまま京へ向かったのだった。

かくて堂塔五十四ヵ所と三百の僧坊は瞬《また》く間に炎上。

捕らえられた戒円は、共犯者として、日ごろ憎んでいる者十一人の衆徒の名をあげたため、戒円は責め殺され、十一人は首を斬られた。都にいた弁慶はそれを聞くと、

「こんなに気持ちの良いことはない」

と、ますます悪事を働くようになったのだった（巻第三）。

戒円の子どもじみたいたずら書きが文字通りの一山炎上を招いたわけだ。

ここで注目したいのは、戒円の悪さに対する、弁慶の〝悪口〟だ。

この悪口は、古典文学全集などでは単に「悪口を言った」と訳されている。しかし、それだと単なるワルクチとも受け取られかねない。

中世の悪口は「あっこう」とよみ、鎌倉幕府の法律『御成敗式目《ごせいばいしきもく》』にも、殺人や放火、文書偽造などと共に刑事犯罪として規定された、立派な犯罪なのである。

そのことを初めて知ったのは、二十代のころに読んだ笠松宏至《かさまつひろし》の「『お前の母さん……』」（『中世の罪と罰』所収　東京大学出版会）という論文であった。

題名の「お前の母さん……」というのは、もとは〝母開に及びて放言〟といった悪口のたぐいが浄化されて残ったという。〝母開〟の〝開〟とは「つび」のことで、つまりは女性器を指し、〝母開〟とは母とセックスすること、母子姦という行為の呼び名で、〝母開に及びて放言〟というのはそうした屈辱的な悪罵を意味するというのだ。

これは確かに大変な誹謗中傷で、現在でいえば侮辱罪に近いものがあろう。

『義経記』に弁慶の〝悪口〟の具体的な内容は記されないが、単なるワルクチとは違う、かなり侮辱的なものであったに違いない。

『「鎌倉遺文」にみる中世のことば辞典』によると、「鎌倉時代の武士の間では、悪口から殺傷に及ぶことが多くあり」そのため『御成敗式目』では悪口が罪として成文化されていた。

悪口罪の具体的な事例としては、「非御家人」「乞食非人《こつじきひにん》」「下人」「若党」「勧進法師《かんじんほっし》」「甲乙人《こうおつにん》」（凡下《ぼんげ》＝武士以外の一般庶民）、女性に対しては「白拍子《しらびょうし》」など、「相手の社会的な地位や身分をおとしめる発言」や、〝懸母開〟（母子姦）など「事実ではない誹謗中傷で相手の名誉を傷つける発言」などがあった。

先の〝母開に及びて放言〟もこの類いである。

この悪口罪の適用は、『御成敗式目』以前にすでに慣例として行われていたといい、『吾妻鏡』建保《けんぽう》元（建暦《けんりやく》三、一二一三）年五月七日条によると、「和田《わだ》合戦の勲功の検分が行われた政所において、波多野忠綱《はたのただつな》は三浦義村《みうらよしむら》を「盲目」とののしったために、軍忠があったにもかかわらず恩賞を与えられるどころか、罪科に準ずる決定がくだされた」という。

中世の〝悪口〟が単純なワルクチとは異なる、深刻な「罪」であったことが分かる。

戦の中の悪口——〝詞だたかひ〟

中世の悪口で思い出されるのは、戦《いくさ》における敵味方の言い争いだ。

『平家物語』を読んでいて面白かった一つがそれで、たとえば義経が平家を攻めた際、平家方の越中《えっちゅうの》次郎兵衛《じろうびょうえ》盛嗣《もりつぎ》が、

「今日の源氏の大将はどなたであられるか」

と問うと、源氏方の伊勢三郎義盛《いせのさぶろうよしもり》が、

「言うまでもない。清和《せいわ》天皇の十代の末裔、鎌倉殿の御弟の九郎大夫判官《くろうたいふのほうがん》殿だぞ」

と答える。すると平家方の盛嗣は、

「そうそう思い出した。先年、平治の乱で父を討たれてみなしごでいたが、鞍馬《くらま》寺で稚児になって、後には金商人《こがねあきんど》の家来になり、食料を背負って奥州へさまよい下った〝小冠者《こくわんじゃ》〟（若造）のことか」

と言った。

これを受けた義盛は、

「舌が回るに任せて、べらべら我が君の御事を申すでない。さてそういうお前らは、砥浪山《となみやま》（砺波山）の戦で追い落とされ、命からがら生き延びて、北陸道をさまよって、〝乞食《こつじき》〟をして泣く泣く京へ上った者かい」

と答える。

盛嗣は、

「君の御恩を十二分に受け、何の不足で〝乞食〟などするものか。そういうお前らこそ、伊勢の鈴鹿山《すずかやま》で山賊をして、妻子を養い、我が身も暮らしていると聞くぞ」

これを聞いていた源氏方の金子十郎家忠《かねこのじゅうろういえただ》が、

「無駄な殿たちの〝雑言《ざふごん》〟だな。お互い嘘を言い合って、雑言をするなら俺だって負けるものか。去年の春、一《いち》の谷《たに》で武蔵《むさし》、相模《さがみ》の若殿たちの腕前はよく見たからな」

と申していると、そのことばの終わらぬうちに、弟の与一《よいち》が矢を放ち、平家方の盛嗣の鎧の胸板に裏まで通るほど、突き刺さった。

〝其後《そののち》は互《たがひ》に詞《ことば》だたかひとまりにけり〟（巻第十一　嗣信《つぎのぶ》最期）

という。

戦に先立って悪口を言い合うことで、敵を挑発し、かつ敵への自身の悪意をも再確認し、戦うモチベーションを高めているのだろう。

そういえば『古事記』『日本書紀』には、古代の天皇が、女や政権を巡るライバルとの死闘の中で、互いを侮辱する歌のやり取りをしたことが描かれていた（↓2）。中世の戦における〝詞だたかひ〟と呼ばれる行為は、ひょっとしたら、こうした古代の決闘歌合戦の記憶を受け継いでいるのかもしれない。

ちなみに山本幸司《やまもとこうじ》は『〈悪口〉という文化』（平凡社）を上梓しており、以上のやり取りも紹介されている。山本氏はほかに、『平家物語』の源頼朝方の北条時政《ときまさ》と平家方の大庭景親《おおばかげちか》らの戦いでの応酬なども紹介。「武器としての言葉の二つの側面を典型的に示している」と言い、北条時政と大庭景親らの応酬が「どちらかといえば理性的に自己の側の正当性と優位性とを相手に誇示している」のに対し、越中次郎兵衛盛嗣と伊勢三郎義盛のやり取りは「いかに効果的に相手を罵倒するかに集中している」と指摘する。

「武器としての言葉」「言葉が争いの手段として用いられる」という氏の指摘はなるほど言いえて妙で、同感である。

11

近世の悪口祭と、古代の大祓

『世間胸算用』に描かれた悪口祭

悪口といえば、江戸時代には悪口祭というものがあったことを、井原西鶴《いはらさいかく》の『世間《せけん》胸算用《むねさんよう》』を読んだ時に知った。

同書によれば、大晦日《おおみそか》には各地でさまざまな祭があるが、京都の祇園《ぎおん》社では〝けづりかけの神事〟（おけら祭とも）といって、神前の灯火を暗くして互いの顔が見えなくなった時、参詣した老若男女が左右に分かれ、

〝悪口《わるくち》のさま〳〵〟

を我先に言った。それはそれは腹を抱えるほどおかしなことであったという。曰く、

「お前はな、三が日のあいだに餅がのどに詰まって、鳥部野《とりべの》（平安時代以来の墓地）へ葬式を出すわい」

「お前はまた、人買いの保証人になって、同罪で粟田口《あわたぐち》（当時、刑場があった）へ馬に乗せられて行くわい」

「お前の女房はな、元日に気が違って、自分の子を井戸へ放り込むぞ」

「お前はな、地獄の鬼が火の車で連れに来てな、鬼の〝香《かう》の物《もの》〟（漬け物類。ご飯のおかず）になるわい」

「お前のおやじは町の〝番太《ばんた》〟（江戸時代、町内に雇われて夜番などにあたった被差別身分の者）をした奴じゃ」

「お前のおふくろは寺の〝大黒《だいこく》〟（僧侶の妻）の成れの果てじゃ」

「お前の弟はな、詐欺師の子分じゃ」

「お前の伯母は〝子おろし屋〟（堕胎専門の女医）をしているわい」

「お前の姉は下着もはかずに味噌買いに行って、道で転びおるわい」

と、いずれも口やかましく喋り、何やかやと取りまぜて言うことは尽きない。

　中でも、二十七、八の若い男が、人より優れて口拍子もよく、何人出ても言い負かされて、相手になる者がいない。

その時、左のほうの松の木陰から、

「そこの男、正月の晴れ着をこしらえた者と同じ口をきくな。見ればこの寒いのに、綿入れも着ずに何を言うか」

とあてずっぽうで言ったところ、図星だったのか、返すことばもなく、大勢の中へ隠れたので、一度にどっと笑われてしまう。

「これを思うに、人の身の上で〝まこと〟(真実)ほど恥ずかしいものはない。とにかく大晦日の闇を、足元の明るいうちからわきまえれば、稼ぐに追いつく貧乏はなく、大晦日に苦しむこともないのだ」(巻四「闇の夜の悪口」)

と、西鶴はコメントし、『世間胸算用』らしい経済ネタがこれ以降は続く。

今もある悪口祭

西鶴の記した〝けづりかけの神事〟は、正月を前に縁起でもない悪口のオンパレードで、鎌倉時代なら「悪口罪」に問われるような、洒落《しゃれ》にならない侮辱的な悪口もある。

しかも左右に分かれて勝負するところは、歌合《うたあわせ》のようでもあり、『古事記』『日本書紀』に描かれた、歌垣での悪口合戦にも似ている（↓2　10でも触れたが、それは天皇によるライバル殺しにつながっていく）。

調べると、悪口祭は今も各地に残っていて、山本幸司は上記の〝けづりかけの神事〟のほか、茨城県笠間《かさま》市の岩間《いわま》悪態祭、栃木県足利《あしかが》市の最勝寺《さいしょうじ》悪口《あくたい》祭の例を挙げている（『〈悪口〉という文化』）。

また、「悪口祭」の名を冠さないものの、「実際には悪態が付き物となっている祭は数多い」として、奥三河《おくみかわ》の花祭でのやり取り等も山本氏は紹介する（同前）。

そして、「なぜこのように祭の際に悪口を言い合う習慣が各地に残っているのだろうか」といい、その理由として「勝ち負けで来年の吉凶を占う」意味のほか、「社会的制裁としての悪口祭の性格は無視できない重要性を持つ」と指摘する。

「不行跡を公開して懲らしめる行事の事例は、祭など特定の時間的限定を設けられた場において、いわば神という超越的な力を借りて行われた社会的制裁」であり、「共同体秩序の維持という問題と深く関わる」というのだ。

いわば公開処刑、ネットでの「さらし」行為のようなものであろう。

山本氏は文化の諸相に見える悪口を、「フラストレーションの解消」という視点でもとらえているが、同感だ。

各地の悪口祭はたいてい大晦日に行われており、「厄落とし」「厄払い」の意味合いがある。

一年の悪感情を、悪口に込めて祓《はら》い清め、すっきりとした状態で、幸せな新年を迎える。いわばカタルシスである。

一方で、口にしたことが現実化するという言霊の精神からすると、悪口祭の悪態は呪詛に近い不吉なものにも見える。それを一年の最後の夜に吐き出すことで、腹の内に秘められた悪意を浄化し、ご破算にして、清らかな新年を迎えようというわけであろう。

そういう意味で、悪口祭は古代の大祓《おおはらえ》の儀に似ているのではないか。

罪と穢れを清める古代の大祓

大祓とは、「六月と十二月の終りの日に、すべてのけがれを払う行事にとなえることば」で、「もと日を定めないで行い、後に日を定めるようになった。災禍を払いすてる宗教的行事である」(『祝詞』校注——日本古典文学大系『古事記 祝詞』所収)。

そこでは犯した罪の数々を並べ立て、それを〝根の国〟や〝底の国〟といった思想上の世界に吹き放つことで、その日から〝罪といふ罪はあらじ〟などと、罪をなくす目的で唱えられている。

列挙される罪の内容は、〝天つ罪〟（古代から言い伝える罪。高天原以来の罪）と〝国つ罪〟（人間世界で始まった罪）の二種に分かれ、〝天つ罪〟は、

「田のあぜを破壊すること。溝を埋めること。水路を破壊すること。重ねて種子を蒔くこと。他の田に棒を刺して横取りすること。生きたまま馬の皮を剥ぐこと。馬の皮を逆さに剥ぐこと。汚いものを撒き散らすこと」（〝畔《あ》放《はな》ち・溝《みぞ》埋《う》み・樋《ひ》放《はな》ち・頻《しき》蒔《ま》き・串《くし》刺《さ》し・生《い》け剥《は》ぎ・逆剥《さかは》ぎ・屎戸《くそへ》〟）

の八つ。〝国つ罪〟は、

「生きた人の肌を切ること。死人の肌を切ること。肌の白くなった人。こぶができること。自分の母を犯す罪。自分の子を犯す罪。まず母を犯しさらにその子を犯す罪。

まず子を犯しさらにその母を犯す罪。家畜を犯す罪。這《は》う虫の災い。雷の災難。空飛ぶ鳥による災難。人の家畜を呪って死なせる罪。まじないをして相手を呪う罪」（〝生《いき》膚《はだ》断《た》ち・死膚《しにはだ》断《た》ち・白人《しろびと》・こくみ・おのが母犯せる罪・おのが子犯せる罪・母と子と犯せる罪・子と母と犯せる罪・畜《けもの》犯せる罪・昆《は》ふ虫の災《わざはひ》・高つ神の災・高つ鳥の災・畜仆《たふ》し、蠱物《まじもの》する罪〟）の十四だ。

現代人から見るとなぜそれが罪であるのか分からぬものや差別的な文言もあるものの、人の肌を切るとか母子姦とか、口にするのもまがまがしい罪も少なくない。

とくに母子姦は、『御成敗式目』で刑事罰の対象となった〝悪口〟の事例として、〝懸母開〟（母子姦）があったことが彷彿される（↓10）。

こうした、ふだんなら、つとめて口にしないような不吉なことばの数々を、大祓ではあえて並べ立て、一挙に祓い清めてしまおうとする。

今も各地に残る大晦日の悪口祭は、こうした大祓の精神の名残なのではないかと私は考えているのだが、いかがだろう。

12

「普通の人」がよそ者へ向ける悪意

善良な人々の悪意

映画「福田村《ふくだむら》事件」を見た。

福田村事件とは、関東大震災の折、千葉の福田村（現在の野田《のだ》市）と田中村《たなかむら》（同柏《かしわ》市）の自警団が、香川県からの薬の行商人たち十五人を暴行、妊婦や幼児を含む九人を殺害した事件である。

震災後、人々が不安に襲われる中、朝鮮人が井戸に毒を投げ入れたとか襲ってくるといった流言飛語《りゅうげんひご》が横行し、各地で朝鮮人が犠牲になっていたことは、私も明治生まれの祖母に聞いたことがある。が、日本人も殺害されていたとは知らなかった。

背景には、香川県の人たちのなまりを、日本語のおぼつかなさゆえと村人が勘違いしたことや、被差別部落の問題もあった。

ふだん朝鮮人を差別している良心の呵責が、非常時に恐怖心となって、「報復されるのでは」という被害妄想へと発展し、集団パニックを起こしたということもあるだろう。

いずれにしても、自警団の人たちは、ふだんはいたって善良な人々であった。

この映画はそんな事件を題材に、ドキュメンタリー作家の森達也《もりたつや》が制作したもので、森氏は朝日新聞のインタビューにこう答えている。

「描きたかったのは、普通の人、善良な人が悪を犯すということ。僕にもその要素はある、あなたにだってである。そしてそれは、集団の力学によって誘発されるんです」

(「朝日新聞」夕刊　二〇二三年七月十四日付)

よそ者へ向けられる憎悪

福田村事件は善良な人々の悪意と流言の恐ろしさを浮き彫りにしているが、その伝で言うと、中世から近世にかけて行われた語り物・説経節《せっきょうぶし》に描かれる、名もなき庶民の言動もかなり恐ろしい。

たとえば生き別れの父と息子の悲話を描いた「苅萱《かるかや》」には、高野山《こうやさん》の女人禁制の

「いわれ」として、弘法大師《こうぼう》（空海《くうかい》）の誕生伝説が描かれている。それによると空海の母〝あこう御前《ごぜん》〟は大唐のミカドの娘で、〝三国一の悪女〟（世界一の醜女）であった。そのため、婚姻先から実家に返されてしまう。そんな娘を父のミカドは〝うつぼ舟〟に閉じこめて西の海へ流してしまう。こうしてあこうは日本の讃岐《さぬき》に流れ着き、屛風《びょうぶ》が浦《うら》の〝とうしん太夫〟という釣り人のもとで暮らすようになる。そして日輪《にちりん》に申し子をして……つまりは太陽に子が授かるよう祈って、男子を生む。これが空海であるわけだが、この子が夜泣きをする。すると村人は、

〝夜泣きする子は、七浦七里かるると申す。その子を捨てぬものならば、とうしん太夫ともに、浦の安堵かのうまじ〟

と言う。

夜泣きする子は七浦七里枯れるという、その子を捨てぬなら、とうしん太夫ともども、浦に住むことは許さない、というのである。

あこうにしてみれば、よそ者の自分のせいで世話になっているとうしん太夫にまで

迷惑をかけることは忍びない。迷った果てに、ひとまず子を生き埋めにしてしまう。折しも和泉《いずみ》の国の和尚が七日の説法をしに来ており、あこうも聴聞に行く。和尚は松の下からお経の声がすることに気づき、掘り起こすと、男子がいるではないか。かくして男子は和尚に連れられて上京、成長すると大唐に渡り、やがて帰朝。そんな空海に会おうと、八十三歳になった母あこうが高野山を目指して上ったところ、止まっていた月経が流れ出し、袈裟《けさ》は火炎となって、母は人間界を離れて弥勒菩薩《みろくぼさつ》となる。要は死んだわけだ。そんなふうに高野山には、女は空海の母でさえ上れないというわけだが……。

この挿話の中で私にとって最も印象深いのは、あこうと男子に対する村人の冷酷さである。説経節の別の話……有名な「山椒太夫《さんしょうだゆう》」や「小栗判官《おぐりはんがん》」には、

〝捨子は村の育《はごく》みよ〟

ともあって、捨て子があれば村全体で育てるものだというような不文律があったことを思うと、よそ者とも言うべきあこうらへの村人の残酷さが際立つ思いがするのだが

……実は、捨て子を村で育むというのも、捨て子に利用価値があったからかもしれないのだ。

「よそ者」の利用価値

説経節に、捨て子を村で育むとあるのは、必ずしも善意からのものではなかったかもしれない。

そう思うようになったのは、藤木久志《ふじきひさし》『戦国の作法――村の紛争解決』（講談社学術文庫）を読んで以降のことだ。

本書によると、中世には「自分の代わりに誰かを罪人として出す」というシステムがあった。

「家」の身代わりとしては、童《わらべ》や女、老人が差し出され、無事に帰されることも多かったが、「村」の責任を代表して犠牲になる身代わりもあって、これは必ずしも加害者本人でなくてもよく、「筋目なき者」や「乞食」を差し出し、代償としてその子孫に苗字を許し、村政に参画する資格を与え、末代までの扶養を約束するということがあった。

「筋目なき者」とは、由緒ある血筋ではない者、要はどこの馬の骨とも分からぬ者だ。

村政に参画する資格を子孫に与えるということは、もともと彼らにその資格がなかったことを意味する。村政に参画させてもらえぬ彼らは、村にとってよそ者も同然だ。

村は、いざという時のため、「村のために犠牲となるような存在を、日常的に村として扶養していた」わけである。

このような中世の慣習を思えば……そして、「茢萱」に見るよそ者への残酷な村人の態度を思えば、捨て子のような身寄りのない者を村で養育するというのも、村人の善意や親切心だけの理由ではないのではないか。村にとっての、いざという時のためではないか……。

つまりは一種の生贄《いけにえ》だ。

藤木氏は、村の責任を代表して犠牲者を捧げる中世の風習について、必ずしも加害者本人ではなく、また村の責任を代表する者が村の長老ではなく乞食でもよかったとすれば、それは加害者や集団の責任者の制裁というよりは、「むしろ犠牲を捧げてケガレをはらう、犠牲（いけにえ）の儀礼、という性格が強かったことになろう」と指摘している。

そして、「中世から近世にかけて、村の祭りにさまざまな祭具を調《ととの》え、神事の先払いをつとめ、あるいは芸能を奉仕するなどして、村から祝いの米銭や酒を得ていた、カワラモノ・チャセン・マイマイ」といった「賤民たち」のことが思い出されるという。村と彼らとのあいだにはシンボリックな関係が成立しており、同時にそこに差別の根源にかかわる秘密が潜んでいた、と。

「つまり、（1）村共同体に扶養され、しかも村の正規の成員から排除された存在、これが村の身代わりの要件であった。（2）「乞食」はじつに「村」のシンボルとして、身代わりに捧げられたのである」というのだ。

村政への参画もゆるされぬ村の外れ者が、村のシンボルとなるとは逆説的で、要は、文句を言い立てることのできない弱い者、身寄りのない者を、今まで村に養育してもらったという負い目と弱みにつけ込んで村の象徴に祭り上げ、生贄に捧げ、集団を守ろうというわけだ。

残酷なシステムのようではあるが、乞食や筋目なき者の立場にしてみれば、働かずして生きてこられた上、子孫がいるとしたらその子孫の安全と地位と権利は守られるのだから、それで良しとしたのだろうか。

しかし神に捧げられる生贄とは、本来、価値ある者であったはずだ。だから古代の生贄は未婚の美女というのが定番だった。共同体にとって価値の薄いよそ者が生贄にされるというのは、人々の信仰心が薄れて以降の話だったように思う。

よそ者は生贄になり、生贄を止める者でもある

よそ者と生贄ということを考えると、ヤマタノヲロチを退治したスサノヲも、生贄の慣習をもっていた国つ神にとっては天から来たよそ者だったし、以下に紹介する『今昔物語集』の生贄をやめた二つの説話も、よそ者がキーパーソンとなっている（いずれも本来の生贄は未婚の美女だ）。

巻第二十六第七の「美作《みまさか》の国の神猟師の謀《はかりこと》に依りて生贄を止《とど》むる語《こと》」は、猿をご神体とする神に、毎年、未婚の娘を生贄に捧げる習わしがある美作の国に、東国から猟師が訪れ、生贄になる予定の美少女に一目ぼれし、彼女と結婚。ひそかに猟犬を特訓し、刀を隠し持って妻の身代わりになり、猿どもをやっつけ、御神体の大猿（猿

神）が憑依した宮司《ぐうじ》に、未来永劫、生贄を求めぬことや生贄の娘やその家族に危害を加えぬことを固く誓わせて、生贄の風習を止め、国には平和がもたらされる。

続く巻第二十六第八の「飛騨《ひだ》の国の猿神の生贄を止むる語」は、飛騨国の隠れ里に迷い込んだ修行僧が歓待を受け、髪を伸ばさせられ、二十歳ほどの美しい一人娘と結婚させられ太らされる。実はこの国には毎年一人ずつ人を食う神に生贄を捧げる風習があり、生贄を探せない家は我が子を生贄として差し出さねばならない。男は、その生贄に自分が立てられたことを知る。が、神体が猿であることを知った男は、妻によく鍛えた刀を用意させ、それを隠し持ち、以前にも増してよく食べて、神に捧げられた当日、祠《ほこら》に火をつけ、猿四匹を生け捕りにして、おびえる舅を説得。里の郡司《ぐんじ》を脅しながら、猿にも二度と悪さをせぬよう誓わせ、里の長者となって、人々を意のままに使い、妻と睦《むつ》まじく暮らす。

これら二つの話に共通するのは、通りすがりの豪胆なよそ者が生贄になり（一方はよそ者が自ら生贄になることを名乗り出るわけだが）、しかも生贄の風習を止めていることだ。

いわゆる「異人」が閉塞状況をブレイクスルーしているのである。

よそ者は村の犠牲として殺される場合もある。

一方で、土地に革新をもたらすのも、よそから来る者、よその世界を知っている者なのだ。

普通の人が殺人者になる

よそ者に冷たい「茹萱」の村民、よそ者を生贄の身代わりに捧げようとしていた『今昔物語集』の里人、福田村の人々……共通するのは、とくに前科もない普通の人々の残酷さである。普通の人々が状況次第では殺人者にもなれるというのは戦争を見れば分かるのだが、戦争ではなくてもそうした例はある。その代表が、記憶に新しい「ルワンダの虐殺」ではないか。

ルワンダには、ツチ族とフツ族がいて、フツ族が九割近くを占めていたが、実は彼らの違いは、一九一六年にルワンダを征服したベルギー軍によって部族の「対立をあおるように」強調されたものだった。そして、一九三一年には「ベルギー植民地政府が、身分証明書類に民族名記載を義務付ける」ことになる（レヴェリアン・ルラングァ著、山田美明《やまだよしあき》訳『ルワンダ大虐殺——世界で一番悲しい光景を見た青年の手記』「ルワンダ略年表」晋遊舎)。こうした入植政策により、フツ族の嫉妬と憎しみはつのり、事あるごとにツチ族への虐殺が起こり、犠牲者となっていた。

そんな中、空前のツチ族大虐殺が起きたのは、一九九四年四月六日のフツ族であるジュベナール・ハビャリマナ大統領の死がきっかけだ。

大統領を乗せた飛行機が何者かに撃墜されたのをきっかけに、ツチ族を殺すよう、「千の丘ラジオ・テレビ放送局」と呼ばれるフツ族が運営するラジオ局が扇動するようになったのだ。大統領の死はツチ族のしわざとされたのである(真相は不明)。

こうして殺されたツチ族は八十万人とも百万人とも百三十万人とも言われている。

しかもそのやり方は非情で残虐だった。マチューテ(南米で用いられる伐採用の刀。鉈《なた》鎌《がま》)と呼ばれる山刀《やまがたな》で家族全員を殺され、自身も左手を切り落とされ、左目をえぐられ、鼻を削がれたルラングァ氏によると、

「殺戮は家族総出で行われた」

「男たちが切り殺し、女たちは略奪をほしいままにした」

「にやにや笑いながら壁に赤ん坊をぶつけてその頭蓋骨を砕いたり、女性に暴行を加

えた後でその性器の中に瓶を入れて割ったりする」

といった具合である。

これらの殺戮や略奪に手を染めたのは、隣人など、ごく普通の人々だった。人口は八百万人。そのうちの二百万人もの人々が殺戮に手を染めたといい、その他無数の共犯者や女子どもは数えていないというのだから（ルラングァ氏前掲書）、フツ族のほぼ全員が犯人とさえ言える。しかも、

「彼らフツ族の多くは勤勉で、くそ真面目で従順だった。そんな彼らが、命令に従って、民族浄化という社会的義務に従って、殺戮という仕事を素直に遂行したのだ」

まさに普通の人が、残虐な殺人者となったのである。

古代神話の土蜘蛛との符合

ルワンダの大虐殺で注目したいのは、フツ族はツチ族を「ゴキブリ」と呼んでいたことだ。

ツチ族虐殺を扇動する千の丘ラジオ・テレビ放送局は聴衆に、

「ゴキブリどもを叩き潰せ」

と呼びかけていた（ルラングァ氏前掲書）。

ルラングァ氏が瀕死の状態で言っていると、

「よお、ゴキブリ」

「さっさと失せろ、ゴキブリのツチめ」

という罵声を浴びせられた。

当時、ラジオ局は「ツチ族はゴキブリだ」「ゴキブリを叩き潰せ」というメッセージを盛んに送り、それを受けたフツ族は、ツチ族をゴキブリよろしく叩き潰したのである。

この光景には既視感がある。

いや、実際に私が見たわけではないのだが、日本の古代神話で、朝廷側に楯突く先住民たちが〝尾生ひたる人〟（『古事記』）、〝土雲〟（同前）、〝国巣〟（『常陸国風土記』）、〝土蜘蛛〟〝梟《たける》〟（『肥前国《ひぜんのくに》風土記』）と呼ばれ、虐殺されていたことを思い出すのである（→1）。

彼らは、

〝狼の性、梟の情ありて、鼠のごと窺ひ狗のごと盗む〟（『常陸国風土記』）

と、禽獣にたとえられ、憎悪の対象とされていた。

人ではなく、虫や動物扱いをされている。

だからこそ良心の呵責なく殺すことができたわけである。

ルワンダのフツ族……それもごく普通の人々が、ツチ族の人々を容赦なく殺戮することができたのも、一つには、彼らは「ゴキブリ」で「叩き潰」して良い存在であると、頭にたたき込まれていたからだろう。

「ＮＨＫスペシャル　なぜ隣人を殺したか～ルワンダ虐殺と煽動ラジオ放送～」（一九九八年放送）の再放送（二〇二四年四月十九日）では、往時、ラジオでツチ族殺戮を扇動していた人が出てきて、「私は殺せとは言っていない」と証言していた。しかし「ツチ族はゴキブリだ」「ゴキブリを叩き潰せ」と言うことは、「ツチ族を殺せ」と言うよりも、ある意味、悪質だ。

第二次世界大戦で日本が敵国を「鬼畜米英」と呼び、アメリカ人が日本人を「黄色い猿」と呼んだのもこの類いである。

逆にいうと、人を殺さない、人に対して残酷な行為をしないためには、相手を自分と同じ「人間」であると認識することが最重要であるということだ。

単一の情報に躍らされぬよう、多方面の情報にアクセスできるよう学ぶこと、文字や外国語の習得をする意義も大きい。

ルワンダ大虐殺に関する先のＮＨＫの番組では、フツ族がラジオ放送に簡単に洗脳されたことの要因として、彼らの識字率の低さをあげていた。彼らは、書物や新聞などの複数かつ多様な立場で発信されるメディアによって事実関係を確かめる、ということができず、単一の立場で発せられたラジオだけを情報源とした。その結果、それだけを信じるようになってしまった。

普通の人が殺人の罪を犯さぬためには、相手を人間扱いすることと学問（文字や外国語の習得）が重要であると強く感じる。

13
悪意を利用した支配

分断することで支配しやすく

ルワンダの大虐殺で気になったのは、フツ族がツチ族を「ゴキブリ」と呼び、叩き潰していい存在と考えるようになったこと以前に、入植したベルギー人が、ツチ族とフツ族をきっぱり分けることで差別を助長する「分断支配」をしていたことだ。

分断支配――これは、権力者が大衆を好きに操り支配する常套手段である。

人々は、自分が今より落ちぶれることを恐れ、最下位になることを嫌うからだ。

心理学者のサイモン・マッカーシー＝ジョーンズによれば、仮に政府が最低賃金の引き上げを提案したとして、誰がこの提案に最も反対するかというと、現行の最低賃金よりも少しだけ多く稼いでいる人々であるという。

「その理由は、はしごの一番下の段が上がることで、それまで下にいた人々が自分たちと肩を並べるようになることを望まないからだ。最下位を嫌う気持ちから、人々は社会というはしごの下から2段目の位置を維持しようとする。絶対的な利益よりも相対的な優位性を選ぶのだ」（サイモン・マッカーシー＝ジョーンズ著、プレシ南日子《なびこ》訳『悪意の科学——意地悪な行動はなぜ進化し社会を動かしているのか？』）

江戸時代の士農工商穢多非人といった身分による区別や差別も、こうした心理の上に成り立っている。

被差別民は中世から存在するにしても、江戸幕府が各身分の流動性をなくし、格付けを強化・容認することで、支配をしやすくしたことは確かだろう（ただしこれには異説もあって、法制史家の石井《いしい》良助《りようすけ》は『江戸の賤民』〈明石選書〉で「そういう面があったことは否定できないが」としつつも「窮極的には、軍事的ないしは治安維持的な目的に出たものと考える」としている）。

こうした分断支配は、大虐殺が起きたルワンダでは意図的に行われていた。

ルワンダの大虐殺で親族を殺され、かろうじて生き延びたアニック・カイテジは、地理学者のドミニク・フランシュや、やはりジェノサイドの生き残りであるルワンダ人作家ヨランド・ムカガサナのことばを引用しながら指摘する。

ベルギー人は、「『やせて小柄な』フツ族はツチ族の『封建領主』に虐《しいた》げられている」として、多数派のフツ族を支持、属する族を示す「登録カード」を作成し、差別を助長した、と。

「わかりやすく言えば、一九三一年、すなわち、ドイツでユダヤ人がその素性の表明を強制される二年前、ヨーロッパ人はルワンダでIDカードへの民族記載を義務化したのである」

「『支配を強化するには分裂させるに限る』というわけだ」

（アニック・カイテジ著、浅田仁子《あさだきみこ》訳『山刀で切り裂かれて――ルワンダ大虐殺で地獄を見た少女の告白』アスコム）

入植者は、士農工商よろしく、ツチ族・フツ族の格差を強調して分断させることで、多数派であるフツ族の憎悪や嫉妬心がツチ族に向かうようにして、自分たち入植者に都合よく国を支配した。

いわば人々の「悪意」を利用したのである。

翻って現代日本に眼を向けると、経済格差が進み、分断化が加速していると言われる。生活保護者への風当たりの強さや、受給への後ろめたさが一向に改善されず、自治体によっては極力、受給させないようにしているなどと聞くと、分断支配は今ここでも行われているのかなと思ってしまう。

14

家族の中の悪意——日本版シンデレラ『落窪物語』の場合

身近な者だからこそ悪意がつのる

さて、ルワンダの大虐殺を生き延びたルラングァ氏と、亡命先のスイスの養父との会話で印象に残った一節がある。それは、

「私が思うに、彼らが近所に住んでいた顔見知りだったからこそ、お前はあんなにもひどい目に遭わされたんだ。名前も知らない外国からの侵略者じゃない。同じ教区に住み、一緒に酒を飲み、おしゃべりしながら一緒に市役所に並んだ人たちだ（中略）知らない者よりも身近な者の方がひどいことをするんだよ」（『ルワンダ大虐殺——世界で一番悲しい光景を見た青年の手記』）

知らない者よりも身近な者の方がひどいことをする。

このことばに膝を打たない人はいないのではないか。

同じ学校のママ友や同じ勤め先の先輩や同僚、親族間の相続争いの果てのいやがらせ、恋人や夫婦間のDV、子どもへのいじめや性虐待……関係が近くなればなるほど、そこで起きる争いや虐待は陰惨なものとなる。現に殺人事件の半数以上が親族間で起きている。

家族は社会の縮図というが、子や妻といった、より弱い者へ向かう強者の悪意は凄まじいものがあって、虐待の果ての死亡事件など、痛ましいニュースは絶えない。

まして子どもの人権といった概念がなく、「子は親の所有物」という観念の強かった前近代はなおさら陰惨な虐待が多かったことは拙著『本当はひどかった昔の日本――古典文学で知るしたたかな日本人』(新潮文庫)でも書いたからここでは繰り返さない。中でも継子いじめは物語を見ても、現実はさらにひどかったのでは……と思われる仕打ちとやばい価値観に満ちている。

有名なのが、『落窪物語《おちくぼものがたり》』(十世紀末ころ)である。

継子いじめの物語

『落窪物語』は日本で最も有名な継子いじめの物語である。

ここには、虐待の典型的な事例が詰め込まれている。

主人公たる姫君は、中納言のお嬢様という高貴な身分だったが、実母は、時々父が通っていた皇族筋の女性で、早死にする。姫君は父・中納言のもとに引き取られるものの、幼いころから親しんでいなかったせいか、父は可愛いとは思えぬようで、まして同居する北の方である継母はひどい仕打ちを数多くしていたという設定だ。

まず継母は、継子である姫君を、寝殿の放出《はなちいで》（母屋《もや》に続けて外へ張り出して建てた建物。一説に廂《ひさし》の間《ま》を仕切って作った部屋）の、さらに建て増しした一間にある落ち窪んだ場所の、たった二間（柱三本のあいだ）の場所に住まわせていた。家族とは隔離して、劣ったスペースに住まわせていたのだ。

そして姫君を〝君達《きんだち》〟とも呼ばせず、まして〝御方《おんかた》〟とも呼ばせずに、召使たちに〝落窪の君〟と呼ばせていた。古代、〝窪〟には女性器の意があり、この呼び名が非常に屈辱的なものであったことは、文脈上明らかだ。

このように、住む所や呼び名に関しても尊厳がないのは、被虐待児の特徴であろう。
この姫君には乳母もつけられず、ただ彼女の母親が在世中のころから召し使ってい
た童女〝あこぎ〟がいるばかり。
姫君は社会との交流もなく、その存在は世間には知られてもいなかったし、知らさ
れもしなかった。一人前の貴族の一員として扱われない。「ない者」として扱われて
いたのだ。これも被虐待児あるある、だ。
そんな姫君は異母弟に対して琴を教えるよう命じられ、異母姉妹の婿たちの着物の
縫い物もさせられていた。要は召使代わりに働かされていた。
さらに、着るものもろくなものを着せず、姫君が縫った着物を婿が褒めていたと女
房に聞いても、継母は、
「しっ静かに。落窪の君に聞かせるな。つけ上がるといけない。こういう者は卑屈に
させておくのがいい」(〝あなかま、落窪の君に聞かすな。心おごりせむものぞ。かやうの者
は、屈《く》せさせてあるぞよき〟)

と釘を刺す。

褒めず、けなして自尊心を奪う。これも、あるあるであろう。

しかも老女までが屋敷にとどまるのを〝恥〟と思うような寺社参詣に、姫君だけ行かせず留守番をさせ、縫い物の仕事をさせる。西洋の継子いじめ譚で名高い「シンデレラ」がお城の舞踏会に連れて行ってもらえなかったことが彷彿される。しかしシンデレラが結局、魔法使いの助力で舞踏会に行き、王子様に見初められたように、『落窪物語』のヒロインもこの寺社参詣の留守番中、唯一の召使であった〝あこぎ〟経由で貴公子の訪れを受け、ここから運命が好転するわけだが……貴公子に救われるまでにはさらなる試練が待ち受けていた。

参詣から戻った継母に、貴公子のことがバレてしまうのだ。

いきつくところは性虐待

継子であるヒロインが男を通わせていると知った継母は、姫君への憎悪をつのらせる。

「結婚させまいと思っていたのに」（〝《男あはせじ》としつるものを〟）

継母は姫君を手元に置いて一生こき使おうと考えていたのだ。しかも継母が覗き見ると、相手の男は、実の娘たちに通わせている婿たちよりも格段に素晴らしい貴公子だった。

「これはただ者ではない」

と思った継母は、姫君を監禁して、そこに、六十歳ほどの自分の貧乏な叔父を送り込むことを思いつく。貧乏医者である好色な老叔父・典薬助《てんやくのすけ》に姫君を犯させようと目論んだのだ。

そして夫である中納言に、姫君が二十歳そこそこの、身分も低い、身長もたったの〝一寸〟ばかりの小男を通わせていると嘘をつき、この小男に会えぬよう部屋に閉じこめてしまおうと提案する。耄碌《もうろく》した中納言は真に受けて、

「この北の部屋に閉じこめよ。食べ物もやるな。責め殺してしまえ」（〝この北の部屋に籠めてよ。物なくれそ。しをり殺してよ〟）

と激怒。〝いとうれし〟と喜んだ継母は、姫君を、臭い納戸部屋に閉じこめて、そこ

に典薬助を送り込む。姫君は典薬助に胸元を探られ、肌を手で触られ、〝おどろおどろしう〟泣き騒ぐものの、助ける者もいない。そこへ、〝あこぎ〟がやって来て、装束を解き姫君を抱き寄せる典薬助から、何とか姫君を守り抜き、知らせを受けた貴公子によって姫君は救出されるのだ。

家族から離れた場所に遠ざけ、服も下着も着替えさせず、家族のイベントからのけ者にして、屈辱的な名で呼び、縫い物をさせ、どんなに立派な仕事をしても褒めず、徹底的に自尊心を奪う。その上、年ごろになっても結婚させず、思いがけず姫が結婚した（男を通わせている）ことを知ると、男から姫を引き離し、貧しい老人に犯させようとする……継母がヒロインにした仕打ちは、今で言えば紛れもない「犯罪」だ。同時に、被虐待児の受けがちな仕打ちの要素がすべて詰まっている。現代日本でも、親による虐待致死事件が報道されているが、そうした親が我が子にしていた仕打ちというのは、学校に通わせず、近所の人はその子の存在をしばしば知らなかったり、きょうだいの中でその子だけ外食に連れて行かなかったりする。自尊心を奪うことばを投げかけたり性虐待したりしていることも多く、『落窪物語』のそれと驚くほど似ている。千年以上前に書かれたこの物語の作者も、間違いなくこうした家庭内での虐待を読むなり耳にするなり見るなどして、知っていたのだろう。

いきつくところは性虐待であるのも、現代の虐待や、ルワンダの大虐殺での行為（女性の多くが強姦され、強姦後殺された）と似ている。

虐待は、一種の支配であり、性行為も支配の道具として使われているということなのだろう。

実の父親の罪

『落窪物語』で私が最も気になるのは、継母の虐待以上に、ヒロインの実の父である中納言の虐待容認と加担である。

中納言は、ヒロインと離れて暮らしていたために「子ども時代から可愛く思わなくなってしまったのだろうか」（〝児《ちご》よりらうたくや思しつかずなりにけむ〟）という設定だ。

一夫多妻の通い婚の当時、男は複数の通いどころを持ち、やがて正妻と定めた妻のもとに同居するなり夫婦で独立するなりするのが普通である。誰が正妻になるかは割合流動的なところがあったのだが、ヒロインの母は権勢とは縁遠い皇族筋である上、早くに死んでしまったため、正妻になる芽はなくなった。もとより中納言は北の方（継母）のもとに同居し、ヒロインもそこに引き取られ、肩身の狭い思いをする彼女のことをあまり気にかけることはなかったのである。

しかも彼は、娘が身分も背も低い男を通わせているという継母の嘘を真に受けて、「この北の部屋に閉じこめよ。食べ物もやるな。責め殺してしまえ」と暴言を吐いていた。

こうした父親の冷淡さは、他人にも認識されていた。継母と一緒になってヒロインを〝落窪の君〟と呼び、継母の命じた縫い物を、

「今晩中に縫い上げなければ、我が子とも思わぬ」（〝夜《よ》のうちに、縫ひ出《い》ださずは、子とも見えじ〟）

と中納言が言い放ち、ヒロインがしくしく泣いているのをそばで見ていた貴公子は、「継母ならともかく、実の父である中納言まで、姫君を〝憎く〟言うのだなぁ」と憤慨し、継母たちへの復讐を心に誓っていた。

このように赤の他人が、事の重大さに気づくのも虐待あるあるで、家族は虐待が日常になっているので感覚がマヒしてしまっているのだ。

いずれにしても語り手は、継母以上に実父の冷酷さを意識的に描いている。継母の讒言《ざんげん》を受けた父の命令で、臭い納戸部屋に閉じこめられたヒロインは、

「継母が憎むのは普通のことと世間の人も語る類いもあると聞く。が、父までこんなに冷淡なのは、ひどいと思っている」

という設定だ。

貴公子による継母一家への復讐が終わり、貴公子の正妻となったヒロインと父・中納言が対面。帰宅した中納言が、娘を典薬助と結婚させようとしたことについて北の方を非難すると、北の方は、

「なんて聞き苦しい。当時、あなたはあの子を人の数に入れていましたか。「部屋に閉じこめよ」とはあなたご自身が指図なさったのですよ。「私は知らん、好きなようにしろ」と見放されたからこそ典薬助も何も寄って来たのでしょう。今になって人が一人前に扱っているからといって、自分がしたことを人のせいになさるとは何ごとです」

と言い返している。

もっともな言い分で、「継母も悪いが、妻の言いなりになり、尻馬に乗ってヒロインをいじめていた実父も悪い」という語り手のスタンスが透けて見える。

本当は実の母親だった「白雪姫」の継母

日本の古典文学は、時に実の親までもが我が子を虐待するということを認識していた。

現代でも、家庭での虐待は実の親が最多である。

厚生労働省の「令和3年度福祉行政報告例の概況」によると、児童相談所が対応した養護相談のうち児童虐待相談の対応件数は二十万七千六百六十件で年々増加しているというが、それは児童虐待への人々の意識の高まりによって、通報や相談が増えたためであろう。問題は「主な虐待者別構成割合」で、「実母」が四七・五パーセントと最も多く、次いで「実父」が四一・五パーセント。実父以外の父は五・四パーセント、実母以外の母は〇・五パーセントにとどまることだ。

現実の虐待者は実の両親が圧倒的多数を占めるのである。

こうした「現実」を見るにつけても、「白雪姫」の話が思い起こされる。

『グリム童話集』の初版では、白雪姫の美しさを妬み、殺そうとしたのは継母ではなく実母だった。

これは拙著『毒親の日本史』（新潮新書）でも紹介したし、割と有名な話だろうと思うのだが、「内容が十分に子ども向きでない」などの批判から、第二版以降では「残酷な場面や性的な事柄が削られ」たという（吉原高志《よしはらたかし》・吉原素子《もとこ》訳『初版グリム童話集』1 白水社 訳者まえがき）。

実の母が娘に嫉妬して殺そうとたくらむのは、残酷過ぎるというわけだ。

恐ろしいのは見ず知らずの者より身近な者、中でも最も恐ろしいのは、密室であるだけに暴走しやすい家族の悪意なのである。

15

七代祟る——一定の家筋への悪意

家族の連帯責任

候補者本人以外の者による選挙違反行為を理由に、候補者本人にも責任を生じさせる「連座制」というのが、ひところ話題になった。

要は「連帯責任」であるが、こうした連帯責任制度は前近代にもあって、職務上の罪に関して、その職務に関わりのある者が責任を問われることを「連座」といった。一方、重い犯罪について、罪を犯してもいない親類縁者まで罰せられるのが「縁座制」だ。古代や中世には、主人が重罪を犯すと子や兄弟、時に妻妾に至るまで罰せられたことは、長屋王の変（王と王妃、子たちは追いつめられて自害）の顚末を見ても分かる（→4）。

また、江戸時代にも武士には厳しい縁座制が採用されたという（『日本国語大辞典』）。

こうした「家族の連帯責任」ともいうべきものが採用されていたのは、重大犯罪への抑止効果を狙ったということもあろうが、生き残った家族による復讐を恐れた、という要素も大きいだろう。実際、源頼朝などは、本来、父・義朝《よしとも》の縁座で殺されるべきところを、平清盛に助けられ生き延びたため、平家討伐を実現している。

のちの禍根を断つには、縁座制は大きな意味を持っていたのだ。

"七代祟る"という常套句

しかし、縁座制によって家族を殺すなり罰するなりしたとしても、一族郎党を根絶やしにすることはなかなか難しい。結果、わずかに残された親族は大きな恨みを抱いているという可能性もある。そして復讐をくわだて、新たな憎しみが生じる……。

憎しみの連鎖だ。

一つには憎しみは連鎖するからこそ、縁座制が採用されていたとも言えるが、その縁座制が憎しみの再生産を行っている可能性もある。

このように、憎悪というのは子々孫々、一種、遺伝のように伝えられる性質を持っている。

憎悪がそうした性質のものだから、だろうか。

誰かを徹底的に恨んだ時の捨てぜりふ、もしくは恨みを持つ者を形容する常套句として、

「七代《しちだい》祟る」

というのがある。

七代とは大層だが、辞書を調べると「七つの世代。転じて、長い年月」（『日本国語大辞典』）といい、必ずしも文字通りの七代というわけではなさそうだ。

要は、子々孫々いついつまでも長く祟ってやる、というわけだ。

平安時代などにはこうした常套句は見られないものの、恨みをもった人間が、相手だけでなく、無関係な子や孫に祟る、あるいは祟ると宣言するパターンは少なくない。

藤原朝成は藤原伊尹を恨むあまり、

「この一族を永久に根絶やしにしよう。もし男子や女子が生まれても順調な人生は送らせない。同情する者がいたら、そいつも恨もう」（『大鏡』伊尹）

と誓って、〝代々の御悪霊〟（伊尹の子孫代々に祟る御悪霊）となったことはすでに触れ

た（→8）。

いわば子孫に「連帯責任」を取らせているわけで、罪もない子孫にしてみれば迷惑以外の何ものでもない。

自分の子孫に祟る

こうした一定の家筋に憑く霊は、時に自分の最も近しい身内である、己が子孫に祟ることもある。もしくは祟ると考えられていた。

〝きりぎりす鳴くや霜夜のさむしろにころも片敷きひとりかも寝む〟（こおろぎが鳴く霜の降りる寒い夜、むしろの上に片袖を敷いて、ひとり寂しく私は寝るのだろうか）

という百人一首の歌で知られる九条《くじょう》（藤原）良経《よしつね》は、三十八歳で突然死した。その十八年前には兄の良通《よしみち》も二十二歳の若さで寝たまま突然死していたので、二人の死を悪霊のしわざと考える向きもあった。良通・良経兄弟の叔父・慈円は、二人がこんな死に方をしたのは、彼らの曾祖父・忠実《ただざね》の〝悪霊〟のしわざである……そう人は思ったと記している（『愚管抄』巻第六）。

忠実は、保元の乱で子の頼長《よりなが》と共に崇徳《すとく》院側につき、後白河帝側についた、同じく子である忠通《ただみち》と対立。頼長は敗死し、忠実は失脚して幽閉の身となり、失意のうちに死去した。それで忠通の子孫に祟っていると言われるようになったわけだが、忠通は忠実の実の子であり、良通・良経は実の曾孫だ。

つまりは子孫に祟っている。

悪霊は憎い敵だけでなく、子孫にも祟るのだ。

現代人には奇異に思えるかもしれないが、彼らは生前、親子兄弟で憎しみ合い、殺し合っていた。それを思えば、死後、憎しと思う親族の子孫に祟ったとしても不思議はない。

現代だって、親が子を死に至るまで虐待したり、子が親を恨んで殺したりすることがあるのだから、まして昔はなおさらだろう。

『源氏物語』の桐壺《きりつぼ》院も、愛する次男の光源氏を苦しめたからというので、長男の朱雀帝を眼病にするなどして祟ったという設定だ。

現実の忠実も、愛息の頼長を死に至らしめた、上の子である忠通をさぞ恨んでいただろう、その子孫が異常な死に方をしたのは、忠実が忠通を恨んでいたからだろう、と当時の人が考えたゆえんである。

子孫も同罪という発想

しかし、ここで一つ疑問がある。

忠実の恨んでいるのは上の子である忠通のはずだ。なぜ罪もないその孫にまで祟りを及ぼすのだろう。

これは、「親の因果が子に報い」的な素朴な仏教観によるところが大きいのかもしれないが、家族には「連帯責任」があるという考え方に根ざしているのではないか。

時代はずっと下るが、江戸時代の累《かさね》ヶ淵《ふち》伝説が、まさに憎い相手その人ではなく、憎い相手の子を苦しめている。

累ヶ淵伝説とは、現在の茨城県常総《じょうそう》市羽生《はにゅう》町で起きた実話をもとにすると伝えられる説話で、累《かさね》という醜い女に婿入りした与右衛門《よえもん》が累を殺したために、彼の後妻たちや子が祟られる。そして、村をあげての大騒動となったのを祐天《ゆうてん》上人という実在の僧侶（目黒《めぐろ》の祐天寺はこの上人にちなんで建てられた）が事態を収めるという話である。

この伝説はさまざまな文芸に加工されて享受されるが、その最も早い段階での『死《し》霊《りよう》解《げ》脱《だつ》物語《ものがたり》聞書《ききがき》』によると……累は、自分を殺した夫・与右衛門ではなく、後妻の生んだ娘・菊《きく》に取り憑いて苦しめたため、集まった村の人々のうち、まず名主《なぬし》（庄屋）が、

「なぜ当人を苦しめずに、罪もない菊を責め苦しめるのか」

と問うた。

それに対して菊（に取り憑いた累）は答えている。

「夫はさておき、菊を苦しめるには色々なわけがあるのだ」

と。曰く、

「そのわけは、まずさしあたって与右衛門に、切なる悲しみをもたらし、さらに一生の恥辱を与え、これによって我が怨念を晴らし、また、村人めいめいに菊の苦痛を見せることで哀れみの心を起こさせ、私の菩提を弔《とむら》ってもらうためだ。次に、誤った考えをもつ者への戒めにしようと思って、菊に取り憑くのだ」

要は、菊に取り憑くことによって事を大きくおおやけにして、自分の菩提を弔うよう仕向けているという。

たしかに、与右衛門を苦しめるだけでは、与右衛門の罪は公開されず……と言いたいところだが、実は物語を読めば分かるように、彼の罪には目撃者もあり、村人周知のものであった。なので、村人に改めて罪を想起させ、自分の菩提を弔わせ、長く忘れさせぬために、菊を苦しめたのだろう。

そういえば、先の良通・良経頓死事件でも、慈円は、「忠実の霊を真面目に弔う気持ちのある人さえいれば、これほどのことはなかっただろう」と嘆いている（『愚管抄』巻第六）。

恨みを持つような人がいたら、加害者はその霊を弔う。加害者がすでに故人であれば、その子孫が霊を弔う。それが、子々孫々まで恨まれるようなことをした先祖をもつ者のつとめと、昔の人は考え、それに賛同する人も少なくなかったのか、そうした教えが物語や史論書や伝説に残されているのだろう。

それもこれも、「憎しみは連鎖する」ことを、人々が認識していたからに違いない。

罪もない子孫に悪意は及び、連帯責任を問われる……。

翻って現代日本において、もうとっくの昔に終わった戦争の責任を、いつまで経っても周辺諸国などから問われるのも、こうした一定の家筋への悪意が子々孫々伝えられるとされていたことを思うと、分からなくもないのである（日本も敗戦国とはいえ、無辜《むこ》の市民を多数殺されたことに関しては、いつまでも主張してしかるべきであろうとも思う。それにつけても戦争は憎しみの連鎖を生む最たるものだ……）。

16

まじないとわらべ歌の悪意

まじないに込められた悪意

「ちちんぷいぷい、痛いの痛いの飛んでけ」と、日本人なら一度は言われたり、聞いたりしたことがあるだろう。

痛い時、親や祖母などが唱えてくれる、おまじないである。

それで痛みが飛んでいくわけはないと思うのだが、ことばの呪力かプラセボ効果か、安心感から不思議と痛みがやわらいだ記憶がある。

しかし、まじないはこうした心あたたまる懐かしいものばかりではない。

戦前は「木まじない」とか「成り木責め」といって、小正月の時、二人が木のそばに行き、一人は手斧を根に当て、

「よい実がならなか《ママ》らば伐るぞ」

と言い、他の一人がそれに対して、

「よい実をならせるから宥《ゆる》してたもれ」

などと木を脅したりした（柳田國男《やなぎたくにお》編『歳時習俗語彙』民間伝承の会）。

小正月には、「嫁祝い」というのもあって、小豆粥《あずきがゆ》を木の枝でかき回したものを持って、子のない嫁に向かって、

「なすかなさぬか、なさざら打つぞ」

と言い、または尻を叩いて、

「なしますなします」

と言わせたりした、と（同前）。

両方とも、戦前までは、よかれと思って唱えたまじないであろうが、現代人から見ると、とくに「嫁祝い」はハラスメント以外のなにものでもない。子のない責任を女だけに負わせているという意味でも、女への悪意を感じるのだが……このまじない、よほど起源が古いと見えて、『枕草子』にも、

「正月十五日、祝い膳を差し上げ、粥の木（小正月の粥を煮る時、かきまわす棒。これで

女の腰を打つと男子が生まれるという俗信があった）を引き隠して、家の古株女房や若い女房などが、隙をうかがっているのを、打たれまいとして用心して、いつも後ろを気にかけている様子も可笑しいのに、どうかして、打ち当てたのは実に面白く、皆で笑っているのはとても華やかだ。やられたほうはとても悔しがっているのも道理である」（「正月一日は」段）

とあり、当時は楽しい行事と受け止められていたようだ。

もっとも、

「また、互いに打ち合い、男のことまで打つようだ。一体どういうつもりなのか。泣いて腹を立てては、人を呪い、不吉なことを言う人もあるのが面白い」（同前）

とあるところを見ると、打たれること自体、泣いて腹を立てるほど悔しく思う向きもいて、正月早々、不吉なことばを吐くなど、騒動のもとともなっていたのは、やはりこうしたことを嫌がる人は昔もいたのだろう。

怖いわらべ歌

怖いと言えば、わらべ歌や童謡は総じて怖いものが多い。

「はないちもんめ」は人身売買の歌であることは有名な話だ。

合田道人《ごうだみちと》によれば「人、それも女の子を買ってその子を遊廓に売り飛ばすことを職にしている女衒《ぜげん》と、親との会話を歌ったものだった」(『案外、知らずに歌ってた　童謡の謎』祥伝社)。

それがなぜ子どもの遊びに転じたのか……大人の様子を見て作られた歌なのか、よく分からないが、悪意というより、日本の悲しい歴史の一面が、童謡に浮き彫りにされ、それが子どもらにうたわれるという構図がシュールに感じられてならない(私の子ども時代は毎日のようにこの遊びをしたものだが、最近は公園などでもこの遊びをしている子を見たことがない)。

悲しい歴史といえば熊本県の「五木《いつき》の子守唄」も、年端もいかぬ貧家の子が子守り奉公に出されていたかつての日本の悲哀を物語っている。

一説に、この五木の子守唄のルーツとも言われるのが同じ熊本県は天草《あまくさ》の福連木《ふくれぎ》の子守唄で、「東京天草郷友会《ごうゆうかい》」のサイトによれば、歌詞と意味は以下の通りである。

一　ねんねこ　ばっちこいうて　ねらんこは　たたけ
たちゃて　ねらんこは　じごねずめ
(ねんねこ　ばっちこいうて　寝ない子はたたいて
たたいても寝ない子は　おしりをつねりなさい)

二　ねんねこばっちこは　もり子の役目　そういうて
ねらきゃて　らくをする
(ねんねこばっちこは子守の役目　そう言って
寝かしつけて　楽をします)

三　おどま盆ぎり盆ぎり　盆から先きゃ　おらん
おっても　ぼんべこも　きしゃされず
(私はお盆までしかここにいません　盆から先は　この家(奉公先)にいても
良い着物も　着させてもらえないからです)

(以下略)

同サイトによれば、「ねんねこ　ばっちこ」という歌詞に「意味はなく、子供をおんぶしてあやしている様」とのこと。

「寝ない子はたたいて」とは今なら児童虐待だが、そもそも年端もいかぬ子に子守り奉公をさせて働かせていること自体が児童虐待だ。

赤坂憲雄《あかさかのりお》によると、子守りはたいてい少女の仕事であったが、その子守り娘にも種類があった。幼い弟妹を親に言いつけられて背負う場合、同じ村内で助け合う目的で子守りをさせられる場合、「第三の場合は、もっぱら貧しい農家が口減らしのために、七、八歳から十二、三歳くらいの娘を、比較的に裕福な家に年季をかぎって住み込み奉公させたもの」（『子守り唄の誕生』講談社学術文庫）といい、今で言うなら小学生が、子守りという仕事をさせられていたわけだ。

そして、この第三の子守り娘こそが、子守り唄の主役であるといい、だからこそ、「日本の子守り唄には、暗く湿った印象がつきまとう。母親がゆり籠を静かに揺すりながら、囁くように赤子に歌いかける子守り唄とは、およそ肌合いを異にした世界が、そこには広く、深く沈澱している」（同前）のだ。

赤坂氏の『子守り唄の誕生』によると、天草地方には、「寝ずに泣く子は　貝殻船《きやんから》

に乗せて　沖に流して　鱶《ふか》の餌ど」といった「背負った赤子へのひそやかな殺意が、守り子唄の裂け目に覗けている」歌もあり、「主家や乳母らへの憎しみはたやすく屈折して、小さきものへと向かう。身悶えするような熱くほとばしる憎悪も幽かな殺意も、守り子唄に乗せて仲間といっしょに歌えば、つかの間でも雲散霧消して忘れられる」と氏はコメントしている。

一方で、仲間同士のいじめにも似た争いもあった。赤坂氏が『日本伝承童謡集成』子守唄篇（北原白秋《きたはらはくしゅう》編、国民図書刊行会）から、仲間を当てこする「当て唄」の飛び交う守り子の群れの姿を彷彿させるとして、こんな歌を紹介している。

「あの子見なされ　あて唄上手　唄がお前さんに　当てらりょか」（京都）
「あの子こまいけど　根性がえらえ　のどに打ちたい　五寸釘」（兵庫）
「わしらあの子に　言われたことは　死んでも腐っても　忘りゃせぬ」
「死んで腐って　もし忘れたら　白い衣著《き》て　迷い出る」（ともに和歌山）

何とも陰惨というか、こうした怨念めいた歌は『八つ墓村』のようなフィクションの世界だけかと思いきや、現実の、しかも子どもの歌で展開していたとは驚くほかない。

また、若衆に情けをかけられて……つまりは性関係を結び、捨てられてしまう守り子の歌もある（詳細は赤坂氏の前書を御覧頂きたい）。

さらに、これほどまでに死と親和性が高いのは、守り子がよそから働きに出された「ナガレモン（流れ者）」、村にとっては「ヨソモン（よそ者）」であるから、ともいう。

ふだんは善良な人々が、相手を「よそ者」と見ると示す冷酷な仕打ちを思えば（↓12）、うなずける話だ。

子守り唄の怖さは、幼くしてつらい労働を負わせられた守り子の憎しみや悲しみ、ひいては虐げられるよそ者の悲哀がそこに潜んでいるからで、これまた歴史のつらい現実を浮き彫りにしているのだ。

怖いけれど美しい――「かたつむり」の歌のルーツ？

ちなみに平安末期に後白河院によって編まれた歌謡集の『梁塵秘抄《りょうじんひしょう》』には、怖いわらべ歌の元祖のような歌が収められている。それが、

〝舞へ舞へ蝸牛《かたつぶり》　舞はぬものならば　馬の子や牛の子に蹴《く》ゑさせてん　踏み破《わ》らせてん　実《まこと》に美しく舞うたらば　華の園《その》まで遊ばせん〟（巻第二）

である。

舞え舞えカタツムリ、舞わないのなら、馬の子や牛の子に蹴らせちゃおう、踏み割らせちゃおう、ほんとに可愛く舞ったなら花の園にまで遊ばせよう、というわけで、冒頭で紹介した「成り木責め」と同じ原理で、相手を脅しているのである。

これって童謡「かたつむり」のルーツではないのか。

もちろん「かたつむり」は、ここまで上から目線ではない。

しかし「でんでん虫々かたつむり　お前の頭はどこにある」に始まって、後半、「ツノ出せヤリ出せ頭出せ」という命令形で終わるのは、〝舞へ舞へ蝸牛〟に通じるものがある。

そして、怖いけれど、美しい、わらべ歌的な世界がこの平安の蝸牛の歌にあるのは確かで、「読む者を童心の世界に逍遥させる『梁塵秘抄』中の名作」（日本古典文学全集

『梁塵秘抄』）との評に同感だ。

ここに挙げてきた童謡も、「おどま盆ぎり盆ぎり」といったリズムなど、怖いだけではない、懐かしい美しさが漂う向きもある。

〝舞へ舞へ蝸牛〟には、そうした美しくも残酷な童謡の、極めてハイレベルな形でのルーツがあるようにも思う。

17

悪意をぶつけられた歴史上の人物

歴史は悪意との戦いだ

こうして悪意という切り口で古典文学や歴史書を見ていると、この世は悪意で出来ているのか……と思えるほどで、日本の歴史は（おそらく世界の歴史も）、一面、悪意との戦いの歴史のようにも思えてくる。

悪意の究極の形は、言うまでもなく「戦争」だ。

戦争には、あらゆる悪意が詰まっており、そこから派生する財産喪失、親を殺される、子を殺される、飢え、痛み、性的虐待……といった人間の尊厳を奪われる経験は、人の恨みを醸成し、悪意の連鎖につながっていく。

それを防ぐためには適切なコミュニケーションが重要であろう。その前提として知恵や知識、ルール（法律）作りが必要だ。

性悪説とまでいかぬものの、人は悪意を持つ生き物であるという前提で、物事を考え、対処しないと世界は回っていかないのは、さまざまな契約書や法律、身近なところでは商品の説明書などを見ても、「そんなことがあり得るのか」というような悪意が存在する前提で書かれていることからも分かる。

悪意という感情からは人間生活をしていれば免《まぬが》れることはなく、それが悪いほうに転がると大きな損失に結びつくからこそ、『日本書紀』（七二〇）に見える日本最古の成文法といわれる十七条憲法（後世の創作説もあるが、だとしても『日本書紀』成立時にはこの考え方があったことには違いない）でも、

〝和を以《も》ちて貴しとし、忤《さか》ふること無きを宗《むね》とせよ〟

と、逆らい背くことのないよう、睦み合うことを心がけよと説いたのである。また、

〝群臣百寮《はくれう》、嫉妬有ること無《なか》れ〟

と、嫉妬という極めて個人的な感情にまで踏み込んで規定した。

〝我既に人を嫉《うらや》めば、人亦我を嫉む。嫉妬の患《うれへ》、其の極《きはまり》を知らず〟

と、嫉妬が嫉妬の連鎖を呼び、優れた才能を潰すことになるからだ。

嫉妬や恨みという悪意、そこから生じるいさかいが、国の損失になることを、昔から人は知っていたのである。

時代に憎まれた人々

悪意は古来、非常に警戒されていたわけだが、悪意には一種の「流行」というか、熱病のようなところがあり、あたかも集団リンチの如く、悪意をぶつけられた人物というのがいる。

最初で最後の女性皇太子となり、奈良朝最後の女帝となった孝謙称徳天皇がその代表格で、平安初期の『日本霊異記』や鎌倉時代の『古事談』では、道鏡との性的スキャンダルが悪意を込めて描かれており、平安初期に編纂された官製史書の『続日本紀』でもこの女帝に対する否定的な視線が見てとれた（↓はじめに、6）。

孝謙称徳天皇の事績を見直そうという動きが出てきたのは、女性の地位が向上した最近になってのことである。同じことは中国の武則天についても言え、皇帝でありながら長らく則天武后と貶められていた彼女は、権力欲のために我が子までをも死に追いやり、若い愛人をはべらせたというようなスキャンダラスな側面ばかりがクローズアップされていたものだ。

このように、とくに女に対する悪意というのは、女性の地位の低下によるところが大きい。

だから、古代に比して女性の地位が落ちた中世から近世にかけて、古代以来の能ある女、強い女へ悪意が向けられたのである（↓9）。

中世の家父長制家族を中心とした価値観に反すると見なされた小野小町は盛んに零落伝説を作られたし、男顔負けの才能を発揮した清少納言もまたしかりであった。紫式部ですら堕地獄説が発生し、安徳天皇を母・平時子に道連れにされ、結果的に死なせてしまった建礼門院徳子は兄・平宗盛や敵方の源義経との性的醜聞を囁かれ、鎌倉幕府を牽引した北条政子も源氏三代を滅亡させた張本人と見なされて、とくに江戸時代には実子・実朝や弟・義時、御家人の畠山重忠との性的醜聞が描かれるなど、ひどい悪意をぶつけられている（↓9）。もちろんこれらの性的醜聞に根拠はなく、女を貶める際には必ず性的に貶めるというパターンがそこに見られるだけだ。

日野富子も夫をないがしろにして蓄財しただの、応仁の乱を招いただの、悪く言われることが多い。

淀殿に至っては豊臣家を滅亡させた張本人であるとのそしりを浴びている。

夫（の家）より力を持ったり、夫の家が滅びてしまったりしたケースでは、妻がことさら悪者にされるのは、家父長制家族観が強い社会の特徴だ。

悪意をぶつけられる女性に権力者が多いのも、家父長制的な価値観の時代が長らく続いていたからだろう。

とはいえ、悪意をぶつけられたのは女だけではない。

鎌倉幕府を築いた源氏三代に関しても、二代将軍頼家は我が儘《まま》で暴虐、三代将軍実朝は和歌や蹴鞠好きで政治に無頓着、初代将軍源頼朝は弟・義経を利用するだけ利用して死に追いやった非情な者といったイメージが今なお色濃く残存している。これは私の恩師でもある亡き奥富敬之《おくとみたかゆき》先生によると、北条氏による歴史書『吾妻鏡』に拠る所が大きいという。

「『吾妻鏡』は、頼朝、頼家、実朝源氏将軍三代はダメなのだとし、それを『吾妻鏡』を読む者に信じさせようとし、かなりの程度まで成功したのである」（『吾妻鏡の謎』吉川弘文館）

その目的とは、「北条氏得宗《とくそう》家の幕政での実権掌握を正当化するため」（同前）であった。

北条氏による支配体制を御家人たちに納得させるために、「源氏三代の批判と得宗家の善政の高らかな強調」（同前）がなされたわけである。

このように、時の権力者によって嫌われ者に仕立てられ、その後もそのイメージを引きずったのが田沼意次《たぬまおきつぐ》であろう。田沼意次と言えば金権政治、賄賂《わいろ》政治の象徴のように言われているが、これは「次の寛政《かんせい》の改革を主導した松平定信《まつだいらさだのぶ》の反田沼キャンペーンの影響もあり」強調されたところが大きいという（『山川　詳説日本史図録』第七版　山川出版社）。北条氏の源氏三代へのネガティブキャンペーン同様、現政権の「善政」を強調するために、直前の政治家がことさら貶められたのだ。

田沼意次に関しては、武士が金銭にこだわることを建て前上潔《いさぎよ》しとしない当時の時代性というのもあるかもしれない。

文芸パワーによって嫌われ続けた吉良上野介

時代に嫌われる歴史上の人物は、男尊女卑という時代性や、次世代の権力者の権勢の正当化のために悪者にされた向きが目立つのだが、文芸によって大衆のスケープゴートになってしまったように見える人物もいる。

それが赤穂《あこう》浪士たちに殺された吉良上野介《きらこうずけのすけ》義央《よしひさ》ではないか。

吉良上野介は、朝廷の勅使の御馳走役に任じられた浅野内匠頭長矩《あさのたくみのかみながのり》に礼法を指南する立場にあった。しかし浅野が賄賂を渡さなかったため嫌がらせをし、これを遺恨に思った内匠頭が、元禄《げんろく》十四（一七〇一）年、江戸城で上野介を斬り付けたとされる（内匠頭の動機については諸説あって明確なことは不明）。内匠頭は即日切腹を命じられ、赤穂浅野家は取り潰しとなった。内匠頭の家臣四十七名（討ち入りしたのは四十六名とされる）は主君の無念を晴らすため、元禄十五（一七〇二）年十二月十四日、上野介の首級《しゅきゅう》を取って復讐、翌年、一同は切腹したという事件である。

この事件、内匠頭が切腹した当初は、「幕府の処置を当然視する見方も強かった」といい、当時の武家社会は「刃傷《にんじょう》事件を起こし御家を断絶させた浅野長矩の軽率さに、私たちが思っている以上に厳しい非難の目を向けていた」（宮澤誠一《みやざわせいいち》『赤穂浪士――紡ぎ出される「忠臣蔵」』三省堂）。

ところが浅野への非難は同情へと、世評は急速に変化する。このあたりは、「吉良をお構いなしとした幕府の処置に対しての、判官贔屓《ほうがんびいき》的な心理が働いたことも配慮せねばなるまい」（新潮日本古典集成『浄瑠璃集《じょうるりしゅう》』土田衞《つちだまもる》解説）という意見に同感だ。

さらに、事件をモデルとした関係作品は直後から上演されていたが、討ち入りから四十六年後の寛延《かんえん》元（一七四八）年を皮切りに『仮名手本忠臣蔵《かなでほんちゅうしんぐら》』が人形浄瑠璃や歌舞伎で上演されるようになると、この傾向に拍車がかかる。

当時は、武家の出来事を上演したり出版したりすることは禁じられていたので、『仮名手本忠臣蔵』も『太平記《たいへいき》』（室町時代）の世界に設定を変えての上演となるわけだが、吉良上野介は、浅野内匠頭ならぬ塩冶《えんや》判官（南北朝時代の実在の人物である）の妻に横恋慕する横柄な好色爺・高師直《こうのもろなお》として描かれ（師直も実在の人物だが、『太平記』で悪者として描かれて以来、悪のイメージが強い）、赤穂浪士を率いる大石内蔵助《おおいしくらのすけ》は大星由良助《おおぼしゆらのすけ》という架空の人物に仮託される。

そこでは高師直の老害ともいうべき醜悪さが描かれる一方、彼を討つ浪士たちは主人のリベンジを果たした英雄として美しく描かれている。

「吉良上野介＝パワハラを働いた加害者」だったのが「パワハラに加え、セクハラまで加えようとした加害者」となり、「浅野内匠頭＝妻を奪われそうになった上、パワハラを受けた被害者」という分かりやすい図式ができ上がり、そのイメージは脈々と受け継がれていく。

なにしろ、『仮名手本忠臣蔵』は「わが国の最多上演記録を持つ作品」（前掲土田氏解説）で、実に良くできた傑作であるだけに、大衆のやんやの喝采を浴び、上野介は嫌われ者の代表格となってしまったのだ。

悪意をぶつけられる歴史上の人物の共通点

しかし冷静に考えてみると、この事件の最大の被害者は言うまでもなく吉良上野介である。

たしかに上野介にも、パワハラ的な落ち度はあっただろう。

内匠頭の家来たちは両者のトラブルを「喧嘩」と見なしており、だとすれば喧嘩両成敗となる可能性もあったが、将軍綱吉《つなよし》の下した判断は内匠頭の即日切腹で、「両者の認識には、最初から大きな開きがあった」（山本博文《やまもとひろふみ》『赤穂事件と四十六士』吉川弘文館）。

だとしても上野介は、内匠頭に後ろから斬り付けられた上、隠居に追い込まれ、果ては五十人近い男たちに寄ってたかって殺されたのである。しかもこの日、吉良邸では茶会が行われ、疲れて寝入ったところを襲われており、上野介だけでなく、家老小《こ》林平八郎《ばやしへいはちろう》はじめ、用人鳥居理右衛門《とりいりえもん》、中小姓《ちゅうごしょう》大須賀治部右衛門《おおすがじぶえもん》など、吉良家のスタッフは十六人殺されている（同前）。

そして死後もなお、赤穂浪士たちの復讐劇がもてはやされ、やってもいない横恋慕まで描かれた文芸が大衆の喝采を浴びる。

この有様は集団リンチではないのか。

実は悪意をぶつけられた人々には、共通点というか、特徴がある。

現政権とは基本的に無縁であり、子孫はいないか弱小であることだ。

孝謙称徳天皇はもちろん、とくに江戸時代に標的とされた北条政子や淀殿、田沼意次もその類いである。田沼意次は典型的な成り上がりで、「徳川家重《とくがわいえしげ》の小姓となって昇進をとげ、家治《いえはる》の側用人・老中となり、政治の実権を握った」（『山川　詳説日本史図録』第七版）。しかしその栄華は一代限りだった。

吉良上野介は高家《こうけ》といって、格式のある家柄であったが、討ち入り前に養子が吉良高家を継いだものの、事件によって改易《かいえき》となり断絶している。

要は文句を言う強い子孫がいない。

「こいつには何をしても大した反撃はできまい」と見なした人物に、人は残酷になれるわけである。

文芸の力と悪意のマイナスパワー

吉良上野介に対する仕打ちには、「文芸による老人いじめ」という側面も感じる。

男尊女卑、年功序列の傾向の強かった江戸時代には、実際に権高《けんだか》な老人が多かったろうから、意地悪で好色な高師直ならぬ上野介が浪士たちに退治される有様は、当時の人にとって胸のすくものがあったかもしれない。

しかしそこで、上野介＝悪のイメージが促進されたとしたら、それはそれで恐ろしいことだ。

ルワンダの虐殺でラジオが大きな役割を果たしたことはすでに触れたが（↓12）、ラジオもテレビもない時代、文芸の影響力というのは多大なものがあったろう。

そこで醸成される悪意にはとてつもないパワーがあるに違いない。

「初めにことばありき」というが、いったん漏れ出たことばには取り返しのつかないほどのパワーがあるから、「言霊」として恐れられ、ことに悪意の込められたことばは呪詛として警戒され、処罰の対象ともなった。今もあまりに悪意のあることばは人や会社のイメージを傷つけるからこそ侮辱罪や名誉毀損罪の対象ともなるのだ。

一方で、心の中にめらめらと湧き起こる悪意は、行動のモチベーションともなる。それがマイナス方向に行けば人を殺《あや》め、自分を傷つけることにもなろうが、プラス方向に行けば何くそと現状を変えるエネルギーにも転化しよう。法律や宗教や哲学の発達……文学においてさえ、悪意は大きなモチベーションとして働いている。

『源氏物語』の作者・紫式部が、その日記で清少納言への悪意をむき出しにしていることはあまりにも有名だ。

「清少納言こそ、したり顔でとんでもない人です。あれほど賢ぶって、漢字を書き散らしておりますが、そのレベルもよく見るとまだ実に未熟なところが多い。このように、人と違っていようと思い、そう振る舞いたがる人は、必ず見劣りし、行く末は悪くなるばかりですから、いつも風流ぶることが身についてしまった人は、実に寂しくつまらない折も、感動したがって、面白いことも見過ごさないようにしているうちに、しぜんと良くない浮ついた有様にもなるのでしょう。そんなふうに浮ついてしまった人の行く末が、どうして良いわけがありましょう」（〝清少納言こそ、したり顔にいみじうはべりける人。さばかりさかしだち、真名《まな》書きちらしてはべるほども、よく見れば、まだいとたらぬこと多かり。かく、人にことならむと思ひこのめる人は、かならず見劣りし、行末うたてのみはべれば、艶《えん》になりぬる人は、いとすごうすずろなるをりも、もののあはれにすすみ、をかしきことも見すぐさぬほどに、おのづからさるまじくあだなるさまにもなるにはべるべし。そのあだになりぬる人のはて、いかでかはよくはべらむ〟）

紫式部がここまで清少納言をこきおろすのは、清少納言が、紫式部の主人・彰子のライバルだった定子サロンを代表する女房であったことも関係していよう。

だが、紫式部は、同僚の和泉式部を「本物の歌詠みとは思えないけれど口に任せて詠んだ歌などに必ず面白い一節が目にとまる」と褒めながらも「こちらが気後れするほどの歌詠みとは思えない」、赤染衛門のことは「格別に優れているほどではない」などと、微妙な評価をしている。

同僚女房に対しては悪意というより批判精神がまさっているとも言えようが、人や物事のマイナス面を見据えるこの精神こそが、貴族文化華やかなりし時代に、恵まれて見える貴族たちの生きづらさを赤裸々に描いた『源氏物語』という傑作を生み、時代や場所を越えた古典文学につながったのである。

人であるからには、悪意を持たぬということは不可能だ。ならば、そのマイナスパワーを認めつつ、悪意と付き合っていければ……悪意を読み取る教養を身につけながら悪玉コレステロールと善玉コレステロールではないけれど、自分にとって、ほど良い悪意との距離感をつかめれば……悪意について長々見てきた末に心に浮かんでくるのは、そんな思いなのである。

おわりに

正義に見せかけた悪意の怖さと、悪意の自覚の大切さ

「正義」だと思えるから攻撃できる

本書は「はじめに」でも書いたように、炎上騒ぎに巻き込まれたことがきっかけで生まれた。具体的にはまだ出てもいない本のオビの文言やデザインを巡り、SNSで中傷を受けたのである。その際、見ず知らずの人から、事実無根の悪口を浴びせられるに至り、SNSに潜む悪意の強さに愕然とした。

同時に、私に代わって反論してくれる人もたくさん現れ、ありがたく心強く感じたものだ。

SNSには、悪意と共感が満ちている。

共感がある点が救いではあるが……。

悪意と快感は深い関係があると私は思っている。

その快感は、「歪んだ」正義感に裏打ちされていることも少なくない。

それが正義だと思っているから、気持ち良いのである。

悪意を持つこと自体は誰でも普通にあるだろう。しかし、その悪意を文章なり言動なりで表現するに至るには、悪意を表現することへの後ろめたさを打ち消すほどのモチベーション、「これは言っていいことだ、言うべきことだ、正しいことだ」という思いが必要だ。

悪い奴、バカな奴を懲らしめてやる、悪や愚かさを暴いてやるという、一種の正義感があるからこそ、悪意をぶつけることができるし、その行為で快感を覚えるのである（それが拡散されれば自分が承認されたように思えて、さらなる快感を覚えるのであろう）。

聡明な上田秋成とて例外ではない。むしろ聡明だからこそ、自分の知識や見識を過信し、ろくな資料の裏づけもなく、偏見を深めていくこともあるだろう。

彼が北条政子を非難したあげく、畠山重忠や自分の弟や息子とまで関係していると性的中傷をぶつけた（↓9）のも「政子は源氏三代を滅ぼした悪人」という認識があって、そんな彼女を中傷するのは「正義」と感じていたからにほかなるまい。

こうした歪んだ……とも言える正義感の被害にあった例として、元アナウンサーの髙橋《たかはし》美清《びせい》さんがいる。彼女はストーカー被害にあった上、誤った情報が拡散され、ネットで叩かれた。さらにそのストーカーが逮捕後一ヵ月で事故死すると、「人殺し」等の脅迫や誹謗中傷が一年以上も続いた。髙橋さんはしばらく放心状態だったが、小学生がいじめと中傷を苦に自殺したという報道を見て、かねてからの出家の望みを実現する。そして、警察の捜査で特定された誹謗中傷の加害者との面会を求めた。

「理由を聞くと、〝人を殺した悪い女を裁いてやろうと思った〟と。ゆがんだ正義感を振りかざして意見していたのです」（「週刊女性PRIME」編集部「誹謗中傷受け僧侶に「元女性アナ」が見た社会の闇「私はネットでの誹謗中傷に人生を破壊された」」東洋経済オンライン二〇二四年六月三日）

けだし、歪んだ正義感ほど恐ろしいものはない。

「正義に見せかけた悪意」は、どす黒い悪意に、「正義」という大義名分、免罪符を与えることになって、良心の呵責を和らげてくれると同時に、自分は正義を行使しているんだという快感をもたらすのだ。

曖昧な知識が悪意の行使をエスカレートさせる

こうした歪んだ正義感を醸成させるもの、悪意の表現行為の陰にあるものは、「不正確な情報」や「情報の曖昧さ」である。

デマを含めた噂というのは「重要性が高ければ高いほど、また曖昧であれば曖昧であるほど、かけ算的に広まりやすくなる」という（岡本真一郎《おかもとしんいちろう》『悪意の心理学』中公新書）。

これはうなずける話で、たとえば上田秋成が北条政子や淀殿を口汚く非難したのは、男尊女卑の時代背景もさることながら、彼女たちが歴史を動かした重要人物であり、かつ秋成に正しい情報が欠如していたからだ。

先の髙橋美清さんにしても、脅迫者や誹謗中傷者は、誤った情報を鵜呑みにして髙橋さんを攻撃していた。

私のプチ炎上にしたところで、まだ発売してもいない本なのだから中傷している側は読んでもいないのは当然だし、発売したとしても「もしも読めば、その広告方法や販売形態を肯定・加担することになるから」として「読まない」と断言する者が多かった。買わずとも図書館で読んでくれればいいと思うのだが、その本をはじめ、私の他の本も読もうともしない、私が今まで何を書いてきたのかその中身を知ろうともしない、つまりは曖昧な知識のまま攻撃してくる人が大半だったのである。

逆に言えば、私の人となりを知っていたり、書いたものを読んでいたりすれば、あそこまでの攻撃はできなかったのではないかと思う。

必要なのは、悪意の自覚

繰り返すように、誰かに悪意を持つこと自体は人として自然なことである。

むしろ、自分はその人に悪意を持っているのだと自覚したほうが事はこじれない。

悪意を悪意として自覚していれば、自分から見て思想的な違いや誤りが相手にあると「感じた」としても、いたずらに感情的になることは防げる。精査して、どこが自分の考えと違うのか、間違っているとか古びていると思えるのはどういう点か、冷静に判断することもできるだろう。

問題は、悪意や嫉妬を正義とはき違え、自身の見識を過信して、よく調べもせず、曖昧な情報をもとに、悪意を行使することなのだ。

そう考えると、攻撃されるべきではない人を攻撃する悲劇を避けるために必要なはじめの一歩は「悪意の自覚」、これに尽きる。

しかるのち、自分の悪意がどこからくるのか、その悪意は曖昧な情報に基づいているのではないか、動機に自分の既得権のようなものを守りたいといった感情が潜んでいないか、よく考えてみて、相手のこともきちんと調べる努力をするべきだ。その上でなお相手への悪意が軽減されぬなら、悪意と、精査で得た情報を極力腑分けする。相手に対して否定的な意見を述べるとしたら、そのくらい慎重になりたいものだ。

それによって当初の熱い思いや勢いは削がれるかもしれない。紫式部が清少納言を〝したり顔にいみじうはべりける人〟と罵倒したようなある種の面白みは薄まるだろう。しかし紫式部は誰もが見ることのできるSNSでそれをしたわけではない（それでも千年間、この悪口は清少納言のイメージを形成してきたわけだが）。そうした感情的な悪口を吐き出したいなら、日記なり、虚構に託した世界でやれば済むことだ。

悪意は太古の昔からあって、日本人はそれをあるいは行使し、あるいは利用し、またそれと戦ってきた。

しかし、昔であれば何日何年とかかった悪意の拡散は今や瞬時となって、また小範囲にとどまっていたのが世界中となった現状では、悪意の行使には今まで以上に慎重になる必要があろう。

曖昧な情報に基づく悪意の行使が、相手をどんなに苦しめるか、拡散され、自分のコントロールがきかない事態になり得ることを肝に銘じつつ、胸に揺らぐ悪意の炎と、付き合っていきたいものである。

被害者を加害者扱いしないためには

最後に……加害者を追いつめたという理由で、被害者が攻撃されるケースについて触れたい。

先の髙橋美清さんがそれで、加害者の死もあって、被害者である髙橋さんが加害者扱いされ、誹謗中傷を受けてしまった。

こうしたケースは多々あって、企業や自治体での悪事やパワハラを告発した内部告発者や被害者が、かえって悪者扱いされて、取引先を失ったり誹謗中傷を受けたりといったことは少なくない。

それで思い出すのは、12で紹介した生贄をやめさせた男の話だ。彼は、神と崇められる大猿を捕まえ、

「神ならば、俺を殺してみろ」（〝神ナラバ我ヲ殺セ〟）

と迫った。その時、猿神が憑依した宮司は、

「未来永劫、生贄を求めず、命も取らない。またこの男が自分をこんな目にあわせたからといって男に危害を加えてはならぬ。また生贄の娘やその父母や親類を非難したり苦しめたりしてはならぬ」

と誓い、宮司らは、

「神様がこう仰せです。ゆるして差し上げよ。恐れ多いことです」

と言うのだが……男はゆるさなかった。

「俺は命は惜しくはない。多くの人の代わりにこいつを殺してやる。そして一緒に死んでやる」

と。ここに至って、猿神の憑いた宮司は祝詞を捧げ、大層な誓いをしたため、やっとゆるしてやる。それで男にも家族にも怖いことは起きなかった、という。

男がしつこく宮司に誓わせたのは、それだけ人々の報復……とくに生贄となるはずだった娘＝男の妻への危害を恐れていたからだろう。

猿神への生贄をやめることは現地の人々にとっては前進だ。しかし猿神を祀ってき

た宮司らや猿神信者らにとって、猿神信仰の終焉は損失だ。現代でも、一度炎上が起きると、直接には関係のない人々が湧いてきて嫌がらせが激化することを思えば、信者以外の有象無象が、生贄家族や男を誹謗中傷することはもちろん、村八分や、最悪、死に追いやることも想定できる。ことによっては生贄制度の復活もあり得よう。

だからこそ男は、しつこいほどに、猿神(の憑いた宮司)に誓わせたのだ。

そう考えると、〝神ナラバ我ヲ殺セ〟というセリフは、猿神のみならず、自分たちを取り囲む宮司や村人たちにも向けられたことばでもあるのではないかとも思える。

お前たちは神なのか？　神ならば殺してみろよ、と。

被害者は、時に旧態依然とした悪弊を改革するきっかけを作るがゆえに、加害者扱いされがちなのである。

それを防ぐためには、決して被害者に危害を加えてはならぬこと、誹謗中傷してはならぬこと、それを破った者には罰が下ることを、この説話のように本当の加害者＝猿神(の憑いた宮司)に誓約させるか、法で規制するしかあるまい。

似たような(加害者の信奉者たちが被害者を誹謗中傷するような)ことが現代でも起きていることを思うと、悪意はあるという前提で動くことの大切さを含め、この説話は深く考えさせられるものがある。

参考原典・参考文献・参考サイト

★主な参考文献については本文中にそのつど記した。

★参考原典　本書で使用した原文は以下の本に拠る。

中田祝夫校注・訳『日本霊異記』　新編日本古典文学全集　小学館　一九九五年

川端善明・荒木浩校注『古事談　続古事談』　新日本古典文学大系　岩波書店　二〇〇五年

山口佳紀・神野志隆光校注・訳『古事記』　新編日本古典文学全集　小学館　一九九七年

小島憲之・直木孝次郎・西宮一民・蔵中進・毛利正守校注・訳『日本書紀』一～三　新編日本古典文学全集　小学館　一九九四～一九九八年

植垣節也校注・訳『風土記』　新編日本古典文学全集　小学館　一九九七年

永原慶二監修・貴志正造訳注『全譯　吾妻鏡』二・三　新人物往来社　一九七六・一九七七年

青木和夫・稲岡耕二・笹山晴生・白藤禮幸校注『続日本紀』一～五　新日本古典文学大系　岩波書店　一九八九～一九九八年

和田英松校訂『水鏡』　岩波文庫　一九三〇年

山中裕・秋山虔・池田尚隆・福長進校注・訳『栄花物語』一～三　新編日本古典文学全集　小学館　一九九五～一九九八年

東京大学史料編纂所編纂『小右記』二・四・五・七・八　大日本古記録　岩波書店　一九六一・一九六七・一九六九・一九七三・一九七六年

森田悌全現代語訳『日本後紀』下　講談社学術文庫　二〇〇七年

阿部秋生・秋山虔・今井源衛校注・訳『源氏物語』一～六　日本古典文学全集　小学館　一九七〇～一九七六年

柳瀬喜代志・矢代和夫・松林靖明校注・訳『将門記』――『将門記　陸奥話記　保元物語　平治物語』　新編日本古典文学全集　小学館　二〇〇二年

黒板勝美・国史大系編修会編『日本紀略後篇・百錬抄』　新訂増補国史大系　吉川弘文館　一九六五年

松林靖明校注『承久記』(古活字本)　新撰日本古典文庫　現代思潮社　一九七四年

市古貞次校注・訳『平家物語』一・二　日本古典文学全集　小学館　一九七三・一九七五年
山根對助・後藤昭雄校注『江談抄』――『江談抄　中外抄　富家語』新日本古典文学大系　岩波書店　一九九七年
小林保治・増古和子校注・訳『宇治拾遺物語』　新編日本古典文学全集　小学館　一九九六年
森田悌全現代語訳『続日本後紀』上　講談社学術文庫　二〇一〇年
岡見正雄・赤松俊秀校注『愚管抄』　日本古典文学大系　岩波書店　一九六七年
橘健二・加藤静子校注・訳『大鏡』　新編日本古典文学全集　小学館　一九九六年
馬淵和夫・国東文麿・稲垣泰一校注・訳『今昔物語集』三　新編日本古典文学全集　小学館　二〇〇一年
小沢正夫校注・訳『古今和歌集』　日本古典文学全集　小学館　一九七一年
杤尾武校注『玉造小町子壮衰書』　岩波文庫　一九九四年
中野幸一校注・訳『紫式部日記』――『和泉式部日記　紫式部日記　更級日記　讃岐典侍日記』　新編日本古典文学全集　小学館　一九九四年
桑原博史校注『無名草子』　新潮日本古典集成　一九七六年
竹鼻績全訳注『今鏡』下　講談社学術文庫　一九八四年
小泉弘・山田昭全校注『宝物集』――『宝物集　閑居友　比良山古人霊託』　新日本古典文学大系　岩波書店　一九九三年
水原一考定『新定　源平盛衰記』六　新人物往来社　一九九一年
青木信光編『末摘花――浮世絵・川柳』　図書出版美学館　一九八一年
中村幸彦校注『胆大小心録』――『上田秋成集』　日本古典文学大系　岩波書店　一九五九年
梶原正昭校注・訳『義経記』　日本古典文学全集　小学館　一九七一年
笠松宏至校注『御成敗式目』――『中世政治社会思想』上　日本思想大系　岩波書店　一九七二年
神保五彌校注・訳『世間胸算用』――『井原西鶴集』三　新編日本古典文学全集　小学館　一九九六年
武田祐吉校注『祝詞』――『古事記　祝詞』　日本古典文学大系　岩波書店　一九五八年
荒木繁・山本吉左右編注『説経節』　東洋文庫　平凡社　一九七三年

三谷栄一・三谷邦明校注・訳『落窪物語』――『落窪物語　堤中納言物語』新編日本古典文学全集　小学館　二〇〇〇年
金子武雄『掌中　小倉百人一首の講義』大修館書店　一九五四年
小二田誠二解題・解説『〈江戸怪談を読む〉死霊解脱物語聞書』白澤社　二〇一二年
松尾聰・永井和子校注・訳『枕草子』新編日本古典文学全集　小学館　一九九七年
新間進一校注・訳『梁塵秘抄』――『神楽歌　催馬楽　梁塵秘抄　閑吟集』日本古典文学全集　小学館　一九七六年
黒板勝美・国史大系編修会編『尊卑分脈』一～四・索引　新訂増補国史大系　吉川弘文館　一九八七～一九八八年

★辞書類
『日本国語大辞典』縮刷版第一版　一～十　小学館　一九七九～一九八一年
小松奎文編著『いろの辞典』〔改訂版〕　文芸社　二〇〇〇年
ことばの中世史研究会編『「鎌倉遺文」にみる中世のことば辞典』東京堂出版　二〇〇七年

★参考サイト
成田山新勝寺　https://www.naritasan.or.jp/about/hajimari/
厚生労働省「令和3年度福祉行政報告例の概況」　https://www.mhlw.go.jp/toukei/saikin/hw/gyousei/21/dl/kekka_gaiyo.pdf
NEWSポストセブン「日本の殺人事件の半数以上は「親族間」　悲劇を防ぐためにできることは何か」　https://www.news-postseven.com/archives/20220412_1742187.html?DETAIL
東京天草郷友会「福連木の子守唄」　https://amakusa-gouyuukai.com/amakusanouta/fukureginokomoriuta.html
東洋経済オンライン「週刊女性PRIME」編集部「誹謗中傷受け僧侶に「元女性アナ」が見た社会の闇「私はネットでの誹謗中傷に人生を破壊された」」　https://toyokeizai.net/articles/-/757989

切りとり線

★読者のみなさまにお願い

この本をお読みになって、どんな感想をお持ちでしょうか。祥伝社のホームページから書評をお送りいただけたら、ありがたく存じます。今後の企画の参考にさせていただきます。また、次ページの原稿用紙を切り取り、左記まで郵送していただいても結構です。

お寄せいただいた書評は、ご了解のうえ新聞・雑誌などを通じて紹介させていただくこともあります。採用の場合は、特製図書カードを差しあげます。

なお、ご記入いただいたお名前、ご住所、ご連絡先等は、書評紹介の事前了解、謝礼のお届け以外の目的で利用することはありません。また、それらの情報を6カ月を越えて保管することもありません。

〒101-8701（お手紙は郵便番号だけで届きます）
祥伝社　新書編集部
電話03（3265）2310
祥伝社ブックレビュー　www.shodensha.co.jp/bookreview

★本書の購買動機（媒体名、あるいは○をつけてください）

＿＿＿＿新聞の広告を見て	＿＿＿＿誌の広告を見て	＿＿＿＿の書評を見て	＿＿＿＿の Web を見て	書店で見かけて	知人のすすめで

★100字書評……悪意の日本史

名前

住所

年齢

職業

大塚ひかり　おおつか・ひかり

古典エッセイスト。1961年神奈川県生まれ。早稲田大学第一文学部日本史学専攻を卒業。著書に『愛とまぐはひの古事記』(筑摩書房)、『女系図でみる驚きの日本史』『毒親の日本史』(ともに新潮社)、『くそじじいとくそばばあの日本史』(ポプラ社)、『ヤバいBL日本史』(祥伝社)、『ひとりみの日本史』(左右社)など多数。また、個人全訳を手がけた作品に『源氏物語』(全6巻、筑摩書房)がある。

悪意《あくい》の日本史《にほんし》

大塚《おおつか》ひかり

2025年4月10日　初版第1刷発行

発行者……………辻 浩明
発行所……………祥伝社《しょうでんしゃ》
〒101-8701　東京都千代田区神田神保町3-3
電話　03(3265)2081(販売)
電話　03(3265)2310(編集)
電話　03(3265)3622(製作)
ホームページ　www.shodensha.co.jp

装丁者……………盛川和洋
印刷所……………萩原印刷
製本所……………ナショナル製本

Printed in Japan　ISBN978-4-396-11711-5　C0221

〈祥伝社新書〉
令和・日本を読み解く

652
2030年の東京
『未来の年表』著者と『空き家問題』著者が徹底対談。近未来を可視化する
作家、ジャーナリスト 河合雅司
不動産事業プロデューサー 牧野知弘

695
なぜマンションは高騰しているのか
誰が超高級マンションを買っている？ 不動産から日本社会の変化を考察する
牧野知弘

708
新・空き家問題
2030年に向けての大変化
「大量相続＝空き家激増」時代の到来を、業界の第一人者が読み解く
牧野知弘

696
詭《き》弁《べん》社会
日本を蝕む〝怪物〟の正体
近年の政治における詭弁をさまざまな角度から分析・検証する
戦史・紛争史研究家 山崎雅弘

710
動乱期を生きる
対話から見えてくる、「三流腐敗国」日本と退行する世界の行方——
思想家 内田 樹
山崎雅弘